U0137669

袁珂 著

袁珂讲中国文学常识

海峡出版发行集团
THE STRAITS PUBLISHING & DISTRIBUTING GROUP

鹭江出版社
LUJIANG PUBLISHING HOUSE

2019 年·厦门

【唐】李昭道　明皇幸蜀图

相秋風萬葉飛林溪若徑步
膝底聲歷盜水歌玉籟
徐紅監着衣

沈周

【明】沈周 青绿山水图

居此實人秋多處丹楓映登樓
寫江南好風景是雲山一派出維摩
古人有富春山圖為荊溪吳問卿
所藏元氣淋漓筆法道美華
文敏南余學節石室兩至亏矣
治峰又去為之陳懷郇邦參多
戊戌小春王鑒

【明】王鑒 富春山居圖

【明】 丁云鹏　白马驮经图

天門老峯萬仞青飛空千尺走
雷霆不知何處震霞客日之隱
棚流耳聽　大滌子

【清】石濤　聽泉圖

山居惟愛靜日午掩柴門寂寂人
多忌無求道自尊鶺鴒俱有志麝
艾不同根安得蒙莊叟相逢共細論
吳興錢選舜舉畫并題

【元】钱选　山居图

【南宋】刘松年　秋窗读书图

【明】仇英　浔阳送别图

【明】文徵明　兰亭修禊图

【唐】张萱　捣练图

硯山為李後主留物米老
生平好石獲此一奇而銘
以傳之宜其書蹟之尤奇
也昔董思翁極宗仰米書
而微嫌其不沉著米書之
妙在得勢如天馬行空不
可輕勒枚櫚觀視于右
正不必徒以沈水之姿此卷
則朴拙踈瘦盡其游戲時
心手兩忘馳驟而得之邪
倭思有見之當別有說矣
乾隆戊子十一月昌午陳浹題

硯山銘稿沈雄米老本色
如是此是二圖周松禪題

五色水浮
崑崙潭
在頂出黑
雲挂龍怪
爍電痕下
震霆遄澤
極变化
闔道門
寶晉山
前軒書

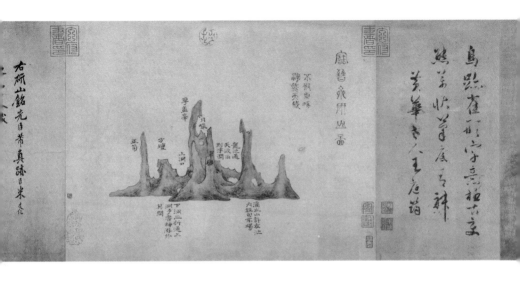

【宋】米芾 研山铭行书手卷（全卷）

序 |

　　这是解放前我在成都某校教文学史时编写的一部讲义，每周虽然授课只有一小时，但还是花了两三个月时间，将这部讲义稿编写出来，以供教学使用。

　　它用纲目兼叙述体，是编者的试创，为他书所无。为了省约文词，便于刻印，权用浅近的文言，将全部中国文学史，纳入三十一章，二万七千字中。这恐怕是自有《中国文学史》以来，最短小的一种吧。

　　几千年来我国的各体文学，内容丰富，头绪纷繁，专家著述，动逾数巨册，省览和记忆俱难。这个小册子，或者还便于中学语文教师和大学文科青年翻检考察。观点议论即使稍显保守，各种文体的内容大概及发展演变的线索尚可寻绎，用作参考，当无大碍。因从箧底检出，略加修润，交付版行。聊缀数语，以识始末。

袁珂于成都

一九八五年十二月十七日

例言

一、本书所注重为作品的论列，至于作家的身世，自可参考人名辞典之类，除非特要，概不叙述，以省篇幅。

二、文体的源流，作风的影响，本书叙述力求赅要明晰，使读者可以一目了然，无烦他求。

三、这种文体和那种文体的区别，本书也随时加以说明，以免互相含混。

四、完全属于士大夫文学的，像汉代的赋、六朝的骈文之类，有些文学史是略而不讲的，本书则以其既为一个时代的风尚，还是各辟专章叙述之，以存真相。

五、而平民文学却为本书所特别注重，故宋元以后的戏曲小说，占的篇幅独多；六朝民歌及敦煌俗文学，也写得颇详。作者意旨所在，不难得见。

六、文学批评因涉及各时代，故特编一章附于篇末，以为全书的结束。

七、本书叙述起自上古，迄于清末，旧日文学的大貌略具于此；至于辛亥以后文学的叙述，则应属于新文学史范围，故不赘及。

八、本书于各章篇后，概附以注释，将所述各时代及各家的作品，择要录存，以见文体嬗变的大要。

目录 |

第一章 上古文学概说

（上——短歌）

文学起源，以诗歌为最早。梁沈约云："歌咏所兴，宜自生民始也。"而诗歌之产生，则始于劳动。《礼记·曲礼》："邻有丧，舂不相。"郑玄注："相，送杵声，古人劳役必讴歌，举大木者呼邪许。"颇能得其情状。

东汉卫宏《毛诗序》云："诗者志之所之也，在心为志，发言为诗。情动于中而形于言。言之不足，故嗟叹之，嗟叹不足，故咏歌之，咏歌之不足，不知手之舞之足之蹈之也。"是故原始文学恒为诗歌、音乐、舞蹈三者之混合物。《吕氏春秋·古乐篇》云："葛天氏之乐，三人操牛尾，投足以歌八阕。"可以见其大概。

然古诗歌俱系口耳相传，无文字记录之。如所谓伏羲《驾辨》之曲，黄帝《袞龙》之颂，以及夏商《五子之歌》《祷天》之辞，要皆后人伪托，无足征信。

兹姑将略具初民面目之诗歌存疑数篇如次：

一曰《弹歌》①。见《吴越春秋》，刘勰《文心雕龙》谓为黄帝时诗。

二曰《蜡辞》②。见《礼记·郊特牲》，相传为伊耆氏作。伊耆氏，或谓为黄帝，或谓帝尧。

三曰《击壤歌》③。见《帝王世纪》，相传为尧时人作。

四曰《麦秀歌》④。见《史记·宋微子世家》，云是箕子作。

〔注释〕

① 《弹歌》，出自《吴越春秋·勾践阴谋外传》："断竹，续竹；飞土，逐宍。"宍，音肉，即肉字之别写。

② 《蜡辞》，出自《礼记·郊特牲》："土反其宅，水归其壑，昆虫毋作，草木归其泽！"

③ 《击壤歌》，出自杜文澜《古谣谚》卷十五引《帝王世纪》："日出而作，日入而息。凿井而饮，耕田而食。帝何力于我哉？"引《困学纪闻》卷二十引周处《风土记》云："以木为之，前广后锐，长尺三寸，其形如履。先侧一壤于地，遥于三四步，以手中壤击之，中者为上。"

④ 《麦秀歌》，出自《史记·宋微子世家》："麦秀渐渐兮，禾黍油油。彼狡僮兮，不与我好兮！"

第二章

上古文学概说

（下——神话）

　　神话与传说——鲁迅《中国小说史略》云："昔者初民，见天地万物，变异不常，其诸现象，又出于人力所能以上，则自造众说以解释之：凡所解释，今谓之神话。""迨神话演进，则为中枢者渐近于人性，凡所叙述，今谓之传说。"神话与传说，盖小说之滥觞也。

　　中国古代神话，虽称丰美，然传留至今者，不过零星片断，散亡多矣。

　　考其散亡之故，厥为神话历史化。神话中之英雄，本为劳动人民所创造以为楷模者，统治者窃据以为祖宗，而又厌其荒鄙，乃从而文饰之，使化为历史人物，于是历史延长而神话消亡矣。

　　幸赖有诗人与哲学家之保存，神话片断，始得传留至今。屈原《离骚》《九歌》《天问》，刘安《淮南》，《庄子》《列子》，《韩非》《吕览》——此保存神话资料之较丰者也。至如干宝《搜神》，王嘉《拾遗》，张华

《博物》，任昉《述异》——虽属文人弄笔，夸饰已多，而上古传说之犹腾于民间者，亦得赖以窥其端倪。

　　而保存神话资料最丰者，厥为《山海经》。《山海经》旧题为夏禹、伯益作，其实当成于东周至西汉，且出多人之手。其中所述神话虽亦零星片断，然如《夸父追日》①《精卫填海》②《黄帝战蚩尤》③《鲧禹治水》④等，均尚存初民传说本貌，极可珍贵。其影响于后来诗文者，盖非鲜矣。

〔注释〕

①《夸父追日》，出自《山海经·大荒北经》："大荒之中，有山名曰成都载天。有人珥两黄蛇，把两黄蛇，名曰夸父。后土生信，信生夸父。夸父不量力，欲追日景，逮之于禺谷。将饮河而不足也，将走大泽，未至，死于此。"又《海外北经》："夸父与日逐走，入日。渴欲得饮，饮于河、渭；河、渭不足，北饮大泽。未至。道渴而死。弃其杖，化为邓林。"

②《精卫填海》，出自《山海经·北次三经》："发鸠之山，其上多柘木。有鸟焉，其状如乌，文首、白喙、赤足，名曰精卫，其名自詨。是炎帝之少女名曰女娃。女娃游于东海，溺而不返，故为精卫，常衔西山之木石以堙于东海。"

③《黄帝战蚩尤》，出自《山海经·大荒北经》："大荒之中，有係昆之山者，有共工之台，射者不敢北乡。有人衣青衣，名曰黄帝女魃。蚩尤作兵伐黄帝，黄帝乃令应龙攻之冀州之野。应龙畜水。蚩尤请风伯雨师，纵大风雨。黄帝乃下天女曰魃，雨止，遂杀蚩尤。"

④《鲧禹治水》，出自《山海经·海内经》："洪水滔天。鲧窃帝之息壤以堙洪水，不待帝命。帝令祝融杀鲧于羽郊。鲧复（腹）生禹。帝乃命禹卒布土以定九州。"

神陸

第三章 《诗经》

吾国文学之确立，自《诗经》^①始。《诗经》古惟称"诗"，后人以其为孔子删定，始列之于经。

《诗》六义，曰风、雅、颂、赋、比、兴。唐孔颖达云："赋、比、兴是《诗》之作用；《风》《雅》《颂》是《诗》之成形。"易以今语，即前者盖《诗》之作法，后者盖《诗》之分类是也。

诗之分类——一曰《风》。《风》者，十五国国风，即《周南》《召南》《邶》《鄘》《卫》《王》《郑》《齐》《魏》《唐》《秦》《陈》《桧》《曹》《豳》是也：多出于里巷歌谣之作。二曰《雅》。《雅》者，《大雅》《小雅》是也：多属于贵族田猎飨宴之诗。三曰《颂》。《颂》者，《周颂》《鲁颂》《商颂》是也：多属于朝廷郊庙乐歌之辞。

诗之作法——朱熹《诗经集注》序云："兴者，先言他物以引起所咏之辞也（如'关关雎鸠，在河之洲'是矣）。赋，铺陈其事而直言之也

（如'氓之蚩蚩，抱布贸丝'是矣）。比者，以彼物比此事也（如'手如柔荑，肤如凝脂'是矣）。"兴与比均无非喻况，而有暗喻明喻之不同；暗喻之兴，即近代之所谓象征也。

孔子删诗问题——孔子删诗，前人多信为实有，夷考其实，当出误会。如诗果有数千篇，则周代书物所引诗应多出三百篇外，而逸诗不过二十之一，以知史迁删诗之说不足信乎后人也。又《论语》孔子亦恒有"诵诗三百""诗三百"之语，是诗原只有三百余篇之确证。

诗之艺术及其对后代文学之影响——

于形式方面，曰篇、章、句、字、韵之变化靡穷也。而又善用重言以谐声摹态：如"呦呦鹿鸣"，谐其声也；"雨雪瀌瀌"，拟其态也。用双声叠韵以增其音节之美，则"差池""绸缪"之类，尤多难悉举，为后世诗家宗法。

于内容方面，曰取材丰博，巨细不捐也。劳人思妇之辞，兵戎祭祀之事，靡所不赅。孔子亦以诗可以兴观群怨，多识鸟兽草木之名。后之言情述志，敷陈讽喻之作，莫不皆本于《诗》。

⸻⸻⸻⸻⸻⸻⸻⸻⸻⸻⸻⸻⸻⸻⸻⸻⸻⸻⸻

〔注释〕

①《诗经》，试举《国风·蒹葭》及《商颂·玄鸟》各一篇，略见一斑——

蒹　葭

蒹葭苍苍，白露为霜。所谓伊人，在水一方。溯洄从之，道阻且长。溯游从之，宛在水中央。

蒹葭凄凄，白露未晞。所谓伊人，在水之湄。溯洄从之，道阻且跻。溯游从之，宛在水中坻。

蒹葭采采，白露未已。所谓伊人，在水之涘。溯洄从之，道阻且右。溯游从之，宛在水中沚。

玄　鸟

天命玄鸟，降而生商，宅殷土芒芒，古帝命武汤，正域彼四方。

方命厥后，奄有九有。商之先后，受命不殆，在武丁孙子。

武丁孙子，武王靡不胜；龙旂十乘，大糦是承。

邦畿千里，维民所止，肇域彼四海。

四海来假，来假祈祈。景员维河，殷受命咸宜，百禄是何。

离骚图不分卷　〔清〕萧云从绘并注　清初刻本

《楚辞》与《诗经》之比较——《诗经》《楚辞》，为吾国古文学双璧。《诗经》代表北方文学的敦厚朴质，《楚辞》代表南方文学的沉郁华艳。后者重玄想而前者基现实。然美人香草之喻，苍梧玄圃之设，亦既受逼困于现实而藉抒胸臆者也。

《楚辞》之命名及内容——《楚辞》之命名，以其多为楚人作，且作楚语，纪楚地，名楚物，故称"楚辞"。经汉刘向定为十六篇，王逸又益以己作《九思》，共为《章句》十七卷。近人考定，认其中——

《九歌》①，大抵为楚民族古祀神歌而经屈原润色者。

《离骚》《天问》《招魂》《远游》及《九章》中《涉江》《哀郢》《抽思》《怀沙》《橘颂》为屈原所作。

《九辩》，为宋玉作。

《大招》，为景差作。

《卜居》②《渔父》及《九章》中《惜诵》《思美人》《惜往日》《悲回风》，为秦汉人拟作。

屈原与宋玉之身世——屈原名平，战国时楚人，仕楚为三闾大夫。怀王重其才，以靳尚辈之谮而被放逐，使秦人阴谋得逞，楚国几亡，遂作《离骚》以写牢愁。后召还使修好于齐。顷襄王时复见谗谪江南。寻自沉汨罗以死。宋玉事迹已多不可考，其生年约与屈原卒年相近，为穷乡一贫士。曾作楚考烈王小臣，旋失职。《九辩》盖其自况也。

《离骚》之写作艺术——曰用情真挚一也，曰工于寄托二也。王逸云："《离骚》之文，引类譬喻：善鸟香草，以配忠贞；恶禽臭物，以比谗佞；灵修美人，以媲于君；宓妃佚女，以譬贤臣；虬龙鸾凤，以托君子；飘风云霓，以为小人。"即此之谓也。曰取材丰富三也。则谓多用动植物名词，善用历史故实及神话是也。

《楚辞》之影响——屈原忠爱精神，凌迈千古；后来诗人，莫不仰如高山。此其心魂之感召又甚于其词采也。举其影响之彰著者，则：一、为后代词赋家所祖述；二、造句自由，予后代歌行体诗以优良楷模。

[注释]

① 试举《九歌·湘夫人》一篇为例，以见《楚辞》风格之一斑——

　　帝子降兮北渚，目眇眇兮愁予。嫋嫋兮秋风，洞庭波兮木叶下。

　　登白薠兮骋望，与佳期兮夕张。鸟何萃兮蘋中？罾何为兮木上？沅有茝兮澧有兰，思公子兮未敢言。荒忽兮远望，观流水兮潺湲。麋何食兮庭中？蛟何为兮水裔？朝驰余马兮江皋，夕济兮西澨。

闻佳人兮召余，将腾驾兮偕逝。筑室兮水中，葺之兮荷盖。荪壁兮紫坛，匼芳椒兮成堂。桂栋兮兰橑，辛夷楣兮药房。罔薜荔兮为帷，擗蕙櫋兮既张。白玉兮为镇，疏石兰兮为芳。芷葺兮荷屋，缭之兮杜衡。杂百草兮实庭，建芳馨兮庑门。九嶷缤兮并迎，灵之来兮如云。

捐余袂兮江中，遗余褋兮澧浦。搴汀洲兮杜若，将以遗兮远者。时不可兮骤得，聊逍遥兮容与！

②《卜居》 虽非屈原所作，亦姑录出，以见屈原忠直悃悫之精神——

屈原既放，三年不得复见。竭知尽忠，而蔽鄣于谗，心烦虑乱，不知所从。往见太卜郑詹尹曰："余有所疑，愿因先生决之。"

詹尹乃端策拂龟曰："君将何以教之？"

屈原曰："吾宁悃悃款款朴以忠乎？将送往劳来斯无穷乎？宁诛锄草茅以力耕乎？将游大人以成名乎？宁正言不讳以危身乎？将从俗富贵以媮生乎？宁超然高举以保真乎？将哫訾栗斯、喔咿儒儿以事妇人乎？宁廉洁正直以自清乎？将突梯滑稽，如脂如韦，以洁楹乎？宁昂昂若千里之驹乎？将氾氾若水中之凫乎？与波上下，偷以全吾躯乎？宁与骐骥亢轭乎？将随驽马之迹乎？宁与黄鹄比翼乎？将与鸡鹜争食乎？此孰吉孰凶？何去何从？世溷浊而不清，蝉翼为重，千钧为轻；黄钟毁弃，瓦釜雷鸣；谗人高张，贤士无名。吁嗟默默兮，谁知吾之廉贞！"

詹尹乃释策而谢曰："夫尺有所短，寸有所长，物有所不足，智有所不明，数有所不逮，神有所不通。用君之心，行君之意，龟策诚不能知事。"

【明】文徵明　湘君湘夫人（局部）

【元】张渥　九歌图卷（局部）

第五章　周秦散文

古代散文，首推《尚书》。《尚书》文笔，笃厚雄深。故韩愈《进学解》谓为："上规姚姒，浑浑无涯；周《诰》殷《盘》，佶屈聱牙。"其实多为当时国家公牍，政府文告，要皆古代白话。后人乃以其文章典重，遂取为公文法式耳。

春秋战国时代，吾国人才鼎盛，百家竞鸣，莫不藉著述以宣扬其救世主张。于是有孟子文之平易①，庄生文之宏肆②，荀卿文之厚重③，韩非文之峻刻④：悉能自成一体，影响于后世文章家者匪鲜。

于史籍著述则以《左传》与《战国策》最为文林推重。孔子因鲁《史记》作《春秋》，《春秋》不过历史纲要。《左传》铺陈事实，于历史为最近。其文艳而富，颇具委婉达意之妙。《战国策》乃纵横家著作，汉刘向编定为三十三篇，其命名如此。序云："皆高才秀士度时君之所能行，出奇策异智，转危为安，易亡为存，亦可喜，皆可观。"朱熹称其文有英伟气，确是的评。

其后汉司马迁作《史记》，班固作《前汉书》，晋陈寿作《三国志》，南朝宋范晔作《后汉书》，合称《四史》，词采斐然，足摩前垒。而史公文尤瑰奇，为唐以后古文家师法。

....

〔注释〕

① 孟子文之平易，试举《孟子·离娄下》中一段文字为例——

　　齐人有一妻一妾而处室者，其良人出，则必餍酒肉而后反。其妻问所与饮食者，则尽富贵也。其妻告其妾曰："良人出，则必餍酒肉而后反，问其与饮食者，尽富贵也，而未尝有显者来。吾将瞷良人之所之也。"蚤起，施从良人之所之，遍国中无与立谈者。卒之东郭墦间，之祭者乞其余；不足，又顾而之他。此其为餍足之道也。其妻归告其妾曰："良人者，所仰望而终身也，今若此！"与其妾讪其良人，而相泣于中庭。而良人未之知也，施施从外来，骄其妻妾。

② 庄生文之宏肆，试举《庄子·逍遥游》中一段文字为例——

　　北冥有鱼，其名为鲲，鲲之大，不知其几千里也。化而为鸟，其名为鹏，鹏之背，不知其几千里也。怒而飞，其翼若垂天之云。是鸟也，海运则将徙于南冥。南冥者，天池也。《齐谐》者，志怪者也。《谐》之言曰："鹏之徙于南冥也，水击三千里，抟扶摇而上者九万里，去以六月息者也。"野马也，尘埃也，天之苍苍，其正色邪？其远而无所至极邪？其视下也，亦若是则已矣。且夫水之积也不厚，则负大舟也无力；覆杯水于坳堂之上，则芥为之舟，置杯焉则胶，水浅而舟大也。风之积也不厚，则其负大翼也无力，故九万里则风斯在下矣，而后乃今培风、背负青天而莫之夭阏者，而后乃今将图南。蜩与学鸠笑之曰："我决起而飞，抢榆枋，时则不至而控于地而已矣，奚以之九万里而南为？"适莽苍者三飡而反，腹犹果然，适百里者宿舂粮，适千里者三月聚粮。之二虫又何知！

③ 荀卿文之厚重，试举《荀子·劝学篇》中一段文字为例——

积土成山，风雨兴焉；积水成渊，蛟龙生焉；积善成德，而神明自得，圣心备焉。故不积跬步，无以至千里；不积小流，无以成江海。骐骥一跃，不能十步；驽马十驾，功在不舍。锲而舍之，朽木不折；锲而不舍，金石可镂。蚓无爪牙之利，筋骨之强，上食埃土，下饮黄泉，用心一也。蟹六跪而二螯，非蛇鳝之穴，无可寄托者，用心躁也。是故无冥冥之志者，无昭昭之明；无惛惛之事者，无赫赫之功。行衢道者不至，事两君者不容。目不能两视而明，耳不能两听而聪。螣蛇无足而飞，鼫鼠五技而穷。《诗》曰："尸鸠在桑，其子七兮；淑人君子，其仪一兮；其仪一兮，心如结兮。"故君子结于一也。

④ 韩非文之峻刻，试举《韩非子·外储说右上》中一段文字为例——

宋人有酤酒者，升概甚平，遇客甚谨，悬帜甚高，为酒甚美，然而不售，酒酸。怪其故，问其所知闾长者杨倩，倩曰："汝狗猛耶？"曰："狗猛，则酒何故而不售？"曰："人畏焉。或令孺子怀钱挈壶瓮而往酤，而狗迓而龁之，此酒所以酸而不售也。"夫国亦有猛狗，有道之士，怀其术而欲以明万乘之主，大臣为猛狗迎而龁之，此人主之所以蔽胁，而有道之士所以不用也。故桓公问管仲曰："治国最奚患？"对曰："最患社鼠矣。"对曰："何患社鼠哉？"公曰："君亦见乎为社者乎？树木而涂之，鼠穿其间，掘穴托其中，燻之则恐焚木，灌之则恐涂阤，此社鼠之所以不得也。今人主之左右，出则为势重而收利于民，入则比周而蔽恶于君，内间主之情以告于外，外内为重，诸臣百吏以为富；吏不诛则乱法，诛之则君不安据而有之，此亦国之社鼠也。故人臣执柄而擅禁，明为己者必利，而不为己者必害，此亦猛狗也。夫大臣为猛狗而龁有道之士矣；左右又为社鼠而间主之情，人主不觉。如此，主焉得无壅，国焉得无亡乎？"

【清】张宏　史记君臣故事图

第六章 汉赋①

赋原是诗作法之一，所谓敷陈其事而直言之是也。汉赋之前，已有荀卿短赋、屈原骚赋为其先河。

明徐师曾分赋为四类——

一曰两汉古赋，如司马相如《上林赋》《子虚赋》是也。

二曰六朝俳赋，如庾信《小园赋》是也。

三曰唐代律赋，如钱起《尺波赋》是也。

四曰宋代文赋，如苏轼《赤壁赋》《后赤壁赋》是也。

汉赋发达之原因——要在汉初海内宴安，地主经济，空前繁荣，颂歌文治，赞美武功，夸饰敷陈，于赋独宜。而君主及贵胄之好尚提倡，亦与有力焉。汉武帝读司马相如《子虚赋》，恨不与之同时；梁孝王游于亡忧之馆，集诸游士，各使为赋：此其所以发达也。

汉赋作家之一斑——西汉则枚乘《七发》，司马相如《上林》《子虚》，东方朔《答客难》，扬雄《甘泉》《羽猎》，其彰者也。东汉则班固《两都》，张衡《二京》，王文考《鲁灵光殿》，王粲《登楼》，其著者也。

汉赋之评价——赋以夸饰敷陈为主，而汉赋尤甚；其弊也缺乏真实情感，惟堆砌辞藻是务，成为贵族阶级之消闲品，与民间艺术要求背道而驰。故立于进步观点，其文学估价并不甚高。

〔注释〕

① 汉赋，兹举司马相如《长门赋》为例，略见汉赋风格之一斑——

长门赋　并序

孝武皇帝陈皇后时得幸，颇妒，别在长门宫，愁闷悲思。闻蜀郡成都司马相如，天下工为文。奉黄金百斤为相如、文君取酒，因于解悲愁之辞。而相如为文以悟主上，陈皇后复得亲幸。其辞曰：

夫何一佳人兮，步逍遥以自虞。魂逾佚而不反兮，形枯槁而独居。言我朝往而暮来兮，饮食乐而忘人。心慊移而不省故兮，交得意而相亲。伊予志之慢愚兮，怀贞悫之懽心。愿赐问而自进兮，得尚君之玉音。奉虚言而望诚兮，期城南之离宫。修薄具而自设兮，君曾不肯乎幸临。

廓独潜而专精兮，天漂漂而疾风。登兰台而遥望兮，神恍恍而外淫。浮云郁而四塞兮，天窈窈而昼阴。雷殷殷而响起，声象君之车音。飘风回而起闺兮，举帷幄之襜襜。桂树交而相纷兮，芳酷烈之訚訚。孔雀集而相存兮，玄猿啸而长吟。翡翠胁翼而来萃兮，鸾凤翔而北南。

前赤壁賦（蘇軾）

哀吾生之須臾羨長江之
無窮挾飛仙以遨遊抱
明月而長終知不可乎驟
得託遺響於悲風蘇子
曰客亦知夫水與月乎逝者
如斯而未嘗往也盈虛者
如彼而卒莫消長也蓋將
自其變者而觀之則天地
曾不能以一瞬自其不變
者而觀之則物與我皆無
盡也而又何羨乎且夫天地
之間物各有主苟非吾之
所有雖一毫而莫取惟
江上之清風與山間之明
月耳得之而為聲目遇
之而成色取之無禁用之
不竭是造物者之無盡藏
也而吾與子之所共食

客喜而笑洗盞更酌肴核
既盡杯盤狼藉相與枕
藉乎舟中不知東方之既
白

軾書歲作此賦未嘗
輕以示人見者蓋一
二人而已

欽之有使至求近文
遂親書以寄之多難
畏事

欽之愛我必深藏之
不出也又有使至求書
賦傳末能寫當
俟後信軾白

戊辰八月曉眎跋

大通江南僧先標松郭清
名義集劉見帝力等呂附香
林湘蘭麓馬余臺角吹仙家
校幻出官閣勃芬巴何筆煇
將謀解使筆英黃運揚丁郵
鳳竹樹挹華消熙評園下部
歸露傷欣有等校余庵陰勁
轉白華仍智補吳義失繁卯
俊白姓枫芳麓美壁時辞情
摧訐色計吐陂耒伯觀倉乾心
珉詩曲眾里知非善斜原蓁
香谷重春姿天瑞微調鼎漢稿
共諧之

朱中未太幸園十八月梅无八闓
詩以紀慕

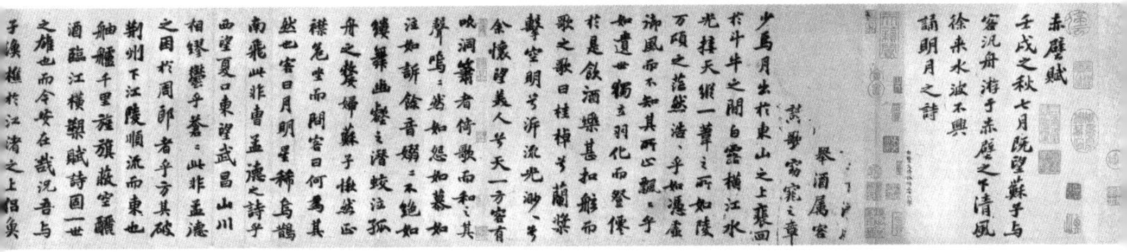

【宋】苏轼　赤壁赋

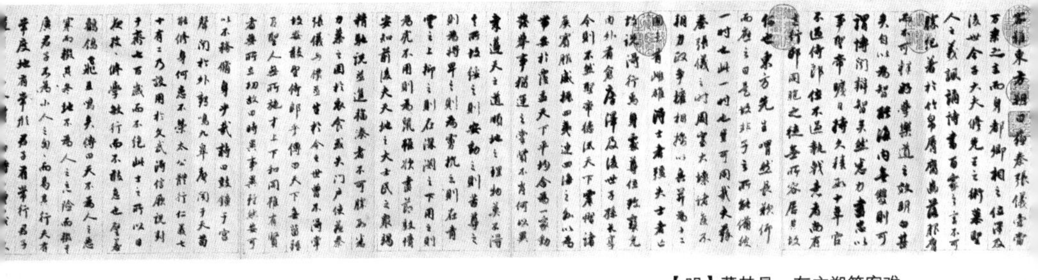

【明】董其昌　东方朔答客难

【明】仇英　赤壁图

心凭噫而不舒兮，邪气壮而攻中。下兰台而周览兮，步从容于深宫。正殿块以造天兮，郁并起而穹崇。间徙倚于东厢兮，观乎靡靡而无穷。

挤玉户以撼金铺兮，声噌吰而似钟音。刻木兰以为榱兮，饰文杏以为梁。罗丰茸之游树兮，离楼梧而相撑。施瑰木之欂栌兮，委参差以槺梁。时仿佛以物类兮，象积石之将将。五色炫以相曜兮，烂耀耀而成光。致错石之瓴甓兮，象瑇瑁之文章。张罗绮之幔帷兮，垂楚组之连纲。抵杆楣以从容兮，览曲台之央央。白鹤噭以哀号兮，孤雌跱于枯杨。

日黄昏而望绝兮，怅独讬于空堂。悬明月以自照兮，徂清夜于洞房。援雅琴以变调兮，奏愁思之不可长。案流徵以却转兮，声幼妙而复扬。贯历览其中操兮，意慷慨而自卬。左右悲而垂泪兮，涕流离而从横。舒息悒而增欷兮，蹝履起而彷徨。

揄长袂以自翳兮，数昔日之諐殃。无面目之可显兮，遂颓思而就床。抟芬若以为枕兮，席荃兰而茝香。忽寝寐而梦想兮，魄若君之在旁。惕寤觉而无见兮，魂迋迋若有亡。众鸡鸣而愁予兮，起视月之精光。观众星之行列兮，毕昴出于东方。望中庭之蔼蔼兮，若季秋之降霜。夜曼曼其若岁兮，怀郁郁其不可再更。澹偃蹇而待曙兮，荒亭亭而复明。妾人窃自悲兮，究年岁而不敢忘。

第七章 汉代乐府与古诗

乐府之命名及其类别——乐府原为汉武帝所置总管乐章之衙署。厥后凡此署所采所制之乐曲，均以"乐府"名之，遂为文体之名。

乐府类别，大要有八——

一曰郊庙歌辞，如《房中祠乐》《郊祀歌》是也。

二曰燕射歌辞，其辞都佚，未知其详。

三曰舞曲歌辞，如《公莫舞歌》《佚儒导》是也。

（以上三类，为贵族特制乐府。）

四曰鼓吹曲辞，《铙歌十八曲》是也。

五曰横吹曲辞，当时有《摩诃兜勒》一曲，今已亡。

（以上两类，为外国输入乐府。）

六曰相和歌辞，如《薤露》《蒿里》是也。

七曰清商曲辞，如《艳歌罗敷行》①《孤子生行》是也。

八曰杂曲歌辞，如《羽林郎》《董娇娆》是也。

（以上三类，为采自民间乐府。）

五七古诗之起源——五古之起源，昔人胥以为始于苏武、李陵之赠答，然苏、李诗近人已证明其为伪托，则当以《古诗十九首》②为滥觞矣。此诗大率逐臣弃妻朋友阔绝死生新故之感，反复低回，抑扬不尽，当是汉魏间无名诗人作品，云尚有枚乘、傅毅之词，殊未可信也。

七古则张衡《四愁》："我所思兮在太山，欲往从之梁父艰，侧身东望涕沾翰。美人赠我金错刀，何以报之英琼瑶。路远莫致倚逍遥，何为怀忧心烦劳？……"兼有《诗》《骚》之长，实为后来所祖。至汉武帝《柏梁诗》，早经顾炎武考证为伪，不足当先河之称矣。

〔注释〕

①《艳歌罗敷行》，亦名《陌上桑》——

日出东南隅，照我秦氏楼。秦氏有好女，自名为罗敷。

罗敷善蚕桑，采桑城南隅。青丝为笼系，桂枝为笼钩。头上倭堕髻，耳中明月珠。缃绮为下裙，紫绮为上襦。行者见罗敷，下担捋髭须。少年见罗敷，脱帽著帩头。耕者忘其犁，锄者忘其锄，来归相怨怒，但坐观罗敷。

使君从南来，五马立踟蹰。使君遣吏往，问是谁家姝？

"秦氏有好女，自名为罗敷。"

"罗敷年几何？"

"二十尚不足，十五颇有余。"

使君谢罗敷："宁可共载不？"

罗敷前致辞："使君一何愚！使君自有妇，罗敷自有夫。东方千余骑，夫婿居上头。何用识夫婿，白马从骊驹，青丝系马尾，黄金络马头。腰中鹿卢剑，可值千万余。十五府小吏，二十朝大夫，三十侍中郎，四十专城居。为人洁白皙，鬈鬈颇有须。盈盈公府步，冉冉府中趋。坐中数千人，皆言夫婿殊。"

②《古诗十九首》，录其二——

今日良宴会，欢乐难具陈。弹筝奋逸响，新声妙入神。令德唱高言，识曲听其真。齐心同所愿，含意俱未伸。人生寄一世，奄忽若飚尘。何不策高足，先据要路津。无为守穷贱，轗轲长苦辛。

涉江采芙蓉，兰泽多芳草。采之欲遗谁，所思在远道。还顾望旧乡，长路漫浩浩。同心而离居，忧伤以终老。

第八章 三国六朝诗

三国诗人，以曹植为领袖。

前乎此者，所谓"三祖七子"是也。三祖者，曹操、曹丕、曹睿。七子者，孔融、王粲、徐幹、刘桢、阮瑀、应玚、陈琳。上举诸人中，惟孟德诗沉雄俊爽，时露霸气，《短歌》[①]《苦寒》，复绝千古；子桓诗娟娟婉约，能移人情；《燕歌》《寡妇》，缠绵悱恻。其余诸家，虽造诣不一，亦有可观。

而惟曹植骨气奇高，词采华茂，情兼雅怨，体被文质。遭忌弗展，郁郁以终。读其《赠白马王彪》诗，知愤时伤世之心，已积中久矣。《杂诗》[②]自抒抱负，《弃妇》《七哀》，写怨离之情，并皆超妙。有《曹子建集》。

后乎此者，则以阮籍《咏怀》[③]，妙现无常。刘伶《北芒》，踵武嗣宗。嵇康长于四言，而能自出机杼。要皆生逢乱世，归本于老庄思想者也。

六朝诗人，数陶潜为大家。

前乎此者，有所谓，"三张（张华、张载、张协）、二陆（陆机、陆云）、两潘（潘尼、潘岳）、一左（左思）"。而左思《咏史》，实即咏怀，挥其凌云健笔，以写牢落之气，较之潘陆辈，等而上矣。刘琨、郭璞，差可拟肩。刘诗凄戾清拔，读《重赠卢谌》，英雄失意之情，宛然可见。郭诗清刚，《游仙》十四，亦同咏怀。并妙选也。

陶潜，字渊明。晋末为建威参军，后补彭泽令，寻自归，遂隐居不仕。其诗恬淡自然，质而实绮，癯而实腴。胸怀高旷，千古一人。风骨凌厉，更有抚剑独游之概。当以《饮酒》④ 诗与《咏荆轲》诗同读，始差得其全貌。有《陶渊明集》。

后此至唐兴二百年间，诗人辈出。谢灵运寄心山水，而病于雕琢。鲍照时有奇气，号称"俊逸"，亦同陷骈偶。至永明中谢朓、沈约，始创为"新体"，四声八病之说，一时风靡，而诗之格律渐成。谢朓《玉阶怨》《王孙游》之类，已启唐风。庾信继起，清新老成，并臻佳妙。他如王褒、杨广，亦有制作，而词采轻艳，未足名家。

〔注释〕

① 《短歌》，即《短歌行》——

对酒当歌，人生几何！譬如朝露，去日苦多。慨当以慷，忧思难忘，何以解忧，唯有杜康。青青子衿，悠悠我心，但为君故，沉吟至今。呦呦鹿鸣，食野之苹，我有嘉宾，鼓瑟吹笙。明明如月，何时可掇？忧从中来，不可断绝。

【明】仇英　桃源图（局部）

【明】文徵明　桃源问津图（局部）

越陌度阡，枉用相存，契阔谈讌，心念旧恩。月明星稀，乌鹊南飞，绕树三匝，何枝可依。山不厌高，海不厌深，周公吐哺，天下归心。

②《杂诗》，录其一首——

　　高台多悲风，朝日照北林。之子在万里，江湖迥且深。方舟安可极，离思故难任。孤雁飞南游，过庭长哀吟。翘思慕远人，愿欲托遗音。形影忽不见，翩翩伤我心。

③《咏怀》，录其二首——

　　夜中不能寐，起坐弹鸣琴。薄帷鉴明月，清风吹我襟。孤鸿号外野，翔鸟鸣北林。徘徊将何见，忧思独伤心。

　　平生少年时，轻薄好弦歌。西游咸阳中，赵李相经过。娱乐未终极，白日忽蹉跎。驱马复来归，反顾望三河。黄金百镒尽，资用常苦多。北临太行道，失路将如何！

④《饮酒》，录其二首——

　　结庐在人境，而无车马喧。问君何能尔，心远地自偏。采菊东篱下，悠然见南山。山气日夕佳，飞鸟相与还。此中有真意，欲辨已忘言。

　　秋菊有佳色，裛露掇其英。泛此忘忧物，远我遗世情。一觞虽独尽，杯尽壶自倾。日入群动息，归鸟趋林鸣。啸傲东轩下，聊复得此生。

第九章

六朝民歌

六朝民歌，划分南北，大都已采入乐府。

南方乐府有舞曲、清商曲及杂曲三种。

舞曲中《雅舞》无新制，《杂舞》有《拂舞》及《白纻舞》。《拂舞》除《白鸠》一曲刺孙皓外，余均旧词；《白纻舞》盖以写女性之美也。

清商曲以《吴声歌》及《西曲歌》为主。《吴声歌》现存者逾三百曲，善写恋情，如《子夜歌》《华山畿》①之类，均极缠绵悱恻之至。《西曲歌》现存"倚歌"约四十曲，以其起于荆、樊一带，民多经商，故善叙别情。《三洲歌》《采桑度》是其例也。此外尚有《神弦歌》十余曲，写神灵生活，状儿女闲情，与楚民族《九歌》相类。

杂曲中亦多言情佳制，如《东飞伯劳歌》《西洲曲》之类。而以《孔雀东南飞》尤为杰作。此诗长达一千七百余字，叙事言情，写人状物，均臻上乘。旧说建安时作,然言及"青庐",则明系齐梁时诗,信非诬也。

北方乐府,有横吹曲及杂曲二种。

横吹曲原本胡乐,旧称"梁鼓角横吹曲",乃北乐而入于南者。除佚亡,今尚存六十六曲。内容大抵叙写战争,间亦及于儿女私情。以《木兰诗》[②]最称杰构。

杂曲无多,仅《阳翟新声》《杨白华》《敕勒歌》[③]等数种。《敕勒歌》虽仅二十余字,写北方游牧生活,极生动自然,为难得佳作。

南北乐府之比较——大要言之,南方乐府以情爱为主,北方乐府以征战为主;前者为儿女文学,后者为英雄文学,即同属言情之一的约会歌,在北方为——

"明月光光星欲堕,欲来不来早语我!"(《地驱乐歌》)

在南方则为——"一坐复一起,黄昏人定后,许时不来已?"(《华山畿》)

一忼爽朴质,一婉转缠绵,南北作风之不同,又可概见矣。

文人及贵族拟作之民歌——如鲍照《吴歌》《采菱歌》,宋汝南王《碧玉歌》,齐武帝《估客乐》,梁武帝《西洲曲》,陈后主《玉树后庭花》等,要难悉举。于以见葵藿粗蔬,亦竟作席上珍肴,知草野活力,灌注于士林肌髓,使其代新者,由来久矣。

〔注释〕

①《华山畿》，录其三首——

> 未敢便相许，夜闻侬家论，不持侬与汝。

> 不能久长离，中夜忆欢时，抱被空中啼。

> 相送劳劳渚，长江不应满，是侬泪成许。

②《木兰诗》——

> 唧唧复唧唧，木兰当户织。不闻机杼声，惟闻女叹息。问女何所思？问女何所忆？女亦无所思，女亦无所忆。昨夜见军帖，可汗大点兵，军书十二卷，卷卷有爷名。阿爷无大儿，木兰无长兄，愿为市鞍马，从此替爷征。

> 东市买骏马，西市买鞍鞯，南市买辔头，北市买长鞭。旦辞爷娘去，暮宿黄河边，不闻爷娘唤女声，但闻黄河流水鸣溅溅；旦辞黄河去，暮至黑山头，不闻爷娘唤女声，但闻燕山胡骑鸣啾啾。

> 万里赴戎机，关山度若飞。朔气传金柝，寒光照铁衣。将军百战死，壮士十年归。

> 归来见天子，天子坐明堂。策勋十二转，赏赐百千强。可汗问所欲，木兰不用尚书郎。愿驰千里足，送儿还故乡。

> 爷娘闻女来，出郭相扶将。阿姊闻妹来，当户理红妆。小弟闻姊来，磨刀霍霍向猪羊。开我东阁门，坐我西阁床。脱我战时袍，着我旧时裳。当窗理云鬓，对镜帖花黄。出门看火伴，火伴皆惊忙：同行十二年，不知木兰是女郎。

> 雄兔脚扑朔，雌兔眼迷离，双兔傍地走，安能辨我是雄雌？

③《敕勒歌》——

> 敕勒川，阴山下，天似穹庐，笼盖四野。天苍苍，野茫茫，风吹草低见牛羊。

第十章 六朝骈文

骈文释义——骈，《说文》云："驾二马也。"引申为对偶之义。是骈文即对偶文。中国文字原本单音，一字一音，易于对偶。对偶之用，可以使文章之色泽及气势深厚，以助成其美。古代散文中亦恒有对偶之语：如《老子》"道可道，非常道；名可名，非常名"《荀子·劝学》"行衢道者不至，事两君者不容"之类，皆其例也。

六朝骈文与后世骈文之区异——

六朝骈文，犹是辞赋之流亚，虽专以声色相矜，藻绘相饰，文格不免渐趋于卑靡，然尚不如后世所谓"四六文"之甚。盖缘其句法尚参差多变化，于柔媚中时出以清刚之气，摇曳生姿。故骈文于六朝已为极轨，后世遂无有凌驾之者。

六朝骈文之美点——

一曰句法参差也。如鲍照《芜城赋》[①]："当昔全盛之时，车挂辀，人驾肩，廛闬扑地，歌吹沸天。挈货盐田，铲利铜山，才力雄富，士马精妍。"二曰刻画细腻也。如庾信《镫赋》："蛾飘则碎花乱下，风起则流星细落。"三曰炼字清新也。如梁刘令娴《祭夫徐敬业文》："雹碎春红，霜凋夏绿。"

六朝骈文之作家——

陆机绵密精透，长于说理，于《文赋》与《演连珠》见之也。

潘岳中年丧偶，善状悲愁，于《寡妇赋》见之也。

吴均写景精细，纯用白描，时人号为"吴均体"，于《与朱元思书》[2] 见之也。

江淹《恨》《别》二赋，用锦丽色彩，写幽怨文字，脍炙人口，允推古今独步。

鲍照《芜城赋》，以散文气势行于骈文，浑厚雄深，他人弗及。

庾信为六朝骈文集大成者。其《哀江南赋》，写侯景乱梁前后江南情形，波澜壮阔，气势宏深，为千古不磨大文。至其《小园》《枯树》《春》《镜》诸赋，均各有擅长，美不胜收。

[注释]

①《芜城赋》——

弥迤平原，南驰苍梧涨海，北走紫塞雁门。柂以漕渠，轴以昆岗。重江复关之陨，四会五达之庄。

当昔全盛之时，车挂辖，人驾肩，廛闲扑地，歌吹沸天。孳货盐田，铲利铜山，才力雄富，士马精研。故能侈秦法，佚周令，划崇墉，刳濬洫，图修世以休命。是以坂筑雉堞之殷，井干烽橹之勤，格高五岳，袤广三坟，崒若断岸，矗似长云。制磁石以御冲，糊赪壤以飞文。观基扃之固护，将万祀而一君。

出入三代，五百余载，竟瓜剖而豆分。泽葵依井，荒葛胃涂，坛罗虺蜮，阶斗麏鼯。木魅山鬼，野鼠城狐，风嗥雨啸，昏见晨趋。饥鹰厉吻，寒鸱吓雏；伏暐藏虎，乳血飧肤。崩榛塞路，峥嵘古馗，白杨早落，寒草前衰。棱棱霜气，蔌蔌风威，孤蓬自振，惊砂坐飞。灌莽杳而无际，丛薄纷其相依。通池既已夷，峻隅又已颓，直视千里外，唯见起黄埃。凝思寂听，心伤已摧。

若夫藻扃黼帐，歌堂舞阁之基，璇渊碧树，弋林钓渚之馆，吴蔡齐秦之声，鱼龙爵马之玩，皆薰歇烬灭，光沉响绝。东都妙姬，南国丽人，蕙心纨质，玉貌绛唇，莫不埋魂幽石，委骨穷尘，岂忆同辇之愉乐、离宫之苦辛哉！

天道如何，吞恨者多；抽琴命操，为芜城之歌。歌曰：边风急兮城上寒，井径灭兮丘陇残，千龄兮万代，共尽兮何言！

②《与朱元思书》——

风烟俱净，天山共色，从流飘荡，任意东西。自富阳至桐庐一百许里，奇山异水，天下独绝。

水皆缥碧，千丈见底。游鱼细石，直视无碍。急湍甚箭，猛浪若奔。

夹岸高山，皆生寒树，负势竞上，互相轩邈，争高直指，千百成峰。泉水激石，泠泠作响。好鸟相鸣，嘤嘤成韵。蝉则千转不穷，猿则百叫无绝。鸢飞戾天者，望峰息心；经纶世务者，窥谷忘反。横柯上蔽，在昼犹昏；疏条交映，有时见日。

第十一章 魏晋佛经文学

佛教之兴起——

汉明帝梦金人长丈六，乃遣使入西域求佛，得经书及僧伽二人归国，于是创立佛寺，为中国有佛教之始。魏晋以后，战乱相寻，民生疾苦。朝野上下，均具厌世之心，遂多皈依释伽，佛法因以宏显。

译经之历史——

东汉摄摩腾、竺法兰同译四十二章经，实为编辑佛教精语而成，简要平实，最合初机，为佛经翻译之始。

嗣后译者渐夥，桓灵时代有安世高、严佛调辈，三国时代有支谦、康僧会辈，于译事均各有贡献。

西晋月支人竺法护译《贤劫》《正法华》《光赞》等计二百一十部，

畅达清雅，厥功特伟。

逮东晋天竺人鸠摩罗什出，译经事业始臻于成熟。所译有《金刚经》《法华经》《维摩诘经》等经，凡三百余卷。

继起者为昙无谶，亦译《佛所行赞经》《涅槃》等经多种。

同时法显自西域游学归国，亦译《大泥洹》《无量寿》等经多部。译经事业由是遂中衰。

二百年后，唐玄奘取经返自西域，始发愤译经，共译经论七十五部，都千三百余卷，为译界最后之硕果，嗣后遂无闻焉。

佛经之文学价值及其影响——

佛经恒采小说戏曲形式，且富想象力，故文学价值极高。又经诸大师精心翻译，信达而雅，率能保持原作风格。如《修行道地经》中写擎钵大臣故事，《法华经》①中写火焚前后老朽大屋之恐怖与纷乱情形，均极生动，令人讶愕。而《佛所行赞经》述佛一生行迹，为一长篇叙事诗，文辞美妙无比，尤称杰作。《维摩诘经》叙释伽遣文殊往探居士维摩诘病，各显辩才与神通事，亦为颇富文学趣味之长篇小说，可与前作媲美。此类佛经之光彩陆离的幻奇内容，与波澜壮阔的宏伟结构，实为中国向来文学所无，故对后代弹词、话本、小说、戏曲均有莫大影响。

〔注释〕

① 《法华经》 全名为《妙法莲华经》。兹录《譬喻品第三》中一段文字，以见

一斑——

譬如长者，有一大宅，其宅久故，而复顿敝。堂舍高危，柱根摧朽。梁栋倾斜，基陛隤毁。墙壁圮坼，泥涂褫落。覆苫乱坠，椽梠差脱。周障屈曲，杂秽充遍。

有五百人，止住其中。鸱枭雕鹫，乌鹊鸠鸽，蚖蛇蝮蝎，蜈蚣蚰蜒，守宫百足，鼬狸鼷鼠，诸恶虫辈，交横驰走。屎尿臭处，不净流溢，蜣螂诸虫，而集其上。狐狼野干，咀嚼践踏，嚌啮死尸，骨肉狼藉。由是群狗，竞来搏撮，饥羸惶惶，处处求食，斗诤揸掣，嘊喍嗥吠。

其舍恐怖，变状如是。处处皆有，魑魅魍魉，夜叉恶鬼，食啖人肉，毒虫之属，诸恶禽兽，孚乳产生，各自藏护。夜叉竞来，争取食之。食之既饱，恶心转炽，斗诤之声，甚可怖畏。鸠槃茶鬼，蹲踞土埵，或时离地，一尺二尺，往返游行，纵逸嬉戏。捉狗两足，扑令失声；以足加颈，怖狗自乐。复有诸鬼，其身长大，裸形黑瘦，常住其中，发大恶声，呼叫求食。复有诸鬼，其咽如针。复有诸鬼，首如牛头，或食人肉，或复啖狗，头发蓬乱，残害凶险，饥渴所逼，叫唤驰走。夜叉饿鬼，诸恶鸟兽，饥急四向，窥看牖牖。如是诸难，恐畏无量。

是朽故宅，属于一人，其人近出，未久之间。于后舍宅，忽然火起，四面一时，其炎俱炽。栋梁椽柱，爆声震裂，摧折堕落，墙壁崩倒。诸鬼神等，扬声大叫。雕鹫诸鸟，鸠槃茶等，周惶惶怖，不能自出。

恶兽毒虫，藏窜孔穴，毗舍阇鬼，亦住其中。薄福德故，为火所逼，共相残害，饮血啖肉。野干之属，垃已前死，诸大恶兽，竞来食啖，臭烟蓬烨，四面充塞。蜈蚣蚰蜒，毒蛇之属，为火所烧，争走出穴。鸠槃茶鬼，随取而食。又诸饿鬼，头上火燃，饥渴热恼，周惶闷走。其宅如是，甚可怖畏，毒害火灾，众难非一。

是时宅主，在门外立，闻有人言："汝诸子等，先因游戏，来入此宅，稚小无知，欢娱乐著。"长者闻已，惊入火宅，方宜救济，令无烧害。告喻诸子，说众患难：恶鬼毒虫，灾火蔓延，众苦次第、相续不绝。毒蛇蚖蝮，及诸夜叉，鸠槃茶鬼，野干狐狗，雕鹫鸱枭，百足之属，饥渴恼急，甚可怖畏。此苦难处，况复大火。

诸子无知，虽闻父诲，犹故乐著，嬉戏不已。

是时长者，而着是念：诸子如此，益我愁恼。今此宅舍，无一可乐，而诸子等，耽湎嬉戏，不受我教，将为火害。即便思惟，设诸方便。

告诸子等："我有种种，珍玩之具，妙好宝车，羊车鹿车，大牛之车，今在门外，汝等出来。吾为汝等，造作此车，随意所乐，可以游戏。"

诸子闻说，如此诸车，即时奔竞，驰走而出，到于空地，离诸苦难。……

【明】陈洪绶　童子礼佛图

【宋】佚名　番王礼佛图（局部）

第十二章 唐诗（上）

唐诗兴盛之原因——曰一由于近体诗之完成，与诗人以新刺戟也。二由于唐代以诗赋取士也。三由于当时君主之好尚与提倡：如太宗开弘文馆，文宗置诗学士，李白以《清平调》见赏于玄宗，穆宗读元稹歌词，即擢为祠部郎中皆是也。

初唐诗人——

王（勃）、杨（炯）、卢（照邻）、骆（宾王），号称"四杰"，其诗词旨华丽，尚缘陈、隋之遗风。

至沈佺期、宋之问之时，律诗之体制始完成。观沈作《独不见》及宋作《途中寒食》可概见矣。

陈子昂①出，乃矫齐、梁之华艳，而出以高雅之笔法，为唐诗开一新境。其《感遇诗》三十八首为最有名。有《陈拾遗集》。

盛唐诗人——

盛唐既承先绪，激流扬波，英杰辈出，名作如林。而李白^②杜甫^③，烨耀诗坛，俨同双星，尤称千古奇遇。

李诗豪迈不群，缥缈欲仙；杜诗思力沉厚，力透纸背。前者如"狂风吹我心，西挂咸阳树"（《金乡送韦八之西京》）是已；后者如"妻孥怪我在，惊定还拭泪"（《羌村》）是已。李长五七言绝；杜长五言律及七言歌行。二人既系友好，生涯亦复概同。均少年擅名，裘马轻狂，中经世变，穷老以终。而少陵尤多乱离之感，悯怀家国，寄慨遥深。有《杜工部集》。太白则蝉蜕于尘浊，超然高举，临流濯足。有《李太白集》。盖一笃于性，一笃于情；一本儒家见地，一受道家影响；一入世，一出世之异致也。

盛唐诗人除李杜外可称者尚多，要归于田园与边塞二大派——

田园派诗人以王维^④为宗，其诗澹远自然，得陶神似。有《辋川集》。孟浩然、储光羲是其流亚也。惟储诗多重农村描写，且近民歌，为不同处。

边塞派诗人以岑参^⑤为主，其诗雄放苍劲，率以战争为题材；或写暴风大雪，酷暑洹寒，均表现真切，凌迈诸家。有《岑嘉州集》。高适、李颀、王之涣、王昌龄是其流亚也。惟昌龄诗虽亦歌咏战事，而颇具非战思想，为异于岑者。

〔注释〕

① 陈子昂，举《登幽州台歌》，以见其诗风格之一斑——

　　前不见古人，后不见来者。念天地之悠悠，独怆然而涕下！

② 李白，举《下江陵》以见一斑——

　　朝辞白帝彩云间，千里江陵一日还。两岸猿声啼不住，轻舟已过万重山。

③ 杜甫，举《春望》以见一斑——

　　国破山河在，城春草木深。感时花溅泪，恨别鸟惊心。烽火连三月，家书抵万金。白头搔更短，浑欲不胜簪。

④ 王维，举《渭城曲送元二使安西》以见一斑——

　　渭城朝雨浥轻尘，客舍青青柳色新。劝君更尽一杯酒，西出阳关无故人。

⑤ 岑参，举《白雪歌送武判官归京》以见一斑——

　　北风卷地白草折，胡天八月即飞雪。忽如一夜春风来，千树万树梨花开。散入珠帘湿罗幕，狐裘不暖锦衾薄。将军弓角不得控，都护铁衣冷难着。瀚海阑干百丈冰，愁云惨淡万里凝。中军置酒饮归客，胡琴琵琶与羌笛。纷纷暮雪下辕门，风掣红旗冻不翻。轮台东门送君去，去时雪满天山路。山回路转不见君，雪上空留马行处。

【清】王原祁　辋川图卷（部分）

第十三章

唐诗（下）

中唐诗人——

代宗时，卢纶、吉中孚辈号称"大历十才子"，然其诗止于雅畅，无推陈出新之功，可置不论。

其时点缀诗坛者，则有韦应物、刘长卿等闲适派之诗人，卢仝、马异等怪诞派之诗人，平丽者数王建，于奇险中杂凄艳者为李贺[①]：亦复众星熣灿，未云寂寞。

而韩愈[②]与白居易[③]最为大家。韩诗奇崛，以散文气势行之，得少陵之工力而时现斧凿痕迹，然于宋诗影响极大。有《韩昌黎全集》。孟郊、贾岛是其流亚也。白诗平易，老妪能解。其为乐府，讽喻之作特多。是能密切接触人生，得少陵之精神者。有《白氏长庆集》。元稹、张籍是其流亚也。

与韩、白同时，尚有刘禹锡，为诗锋森流丽，白居易推为"诗豪"，亦是中唐大家。有《刘宾客集》。

晚唐诗人——

晚唐诗人足以名家者，惟杜牧、李商隐④、温庭筠三人而已。杜诗豪纵秀拔，长于七绝。《泊秦淮》《寄韩绰》诸作，已脍炙人口。有《樊川集》。李诗绮丽典重，以刻意求工之故，时病晦塞。《锦瑟》《无题》诸作，可以见之。有《李义山集》。温诗浓艳与风秀兼有，俱在七言。前者如《阳春曲》，后者如《池塘七夕》。有《温飞卿集》。

唐诗至此，精华已竭，而词替兴。温庭筠实为枢纽人物；温集中词已胜诗，渐启中国诗坛新局。

〔注释〕

① 李贺，举《将进酒》以见一斑——

琉璃钟，琥珀浓，小槽酒滴真珠红。烹龙炮凤玉脂泣，罗帏绣幕围香风。吹龙笛，击鼍鼓；皓齿歌，细腰舞。况是青春日将暮，桃花乱落如红雨。劝君终日酩酊醉，酒不到刘伶坟上土！

② 韩愈，举《山石》以见一斑——

山石荦确行径微，黄昏到寺蝙蝠飞。升堂坐阶新雨足，芭蕉叶大栀子肥。僧言古壁佛画好，以火来照所见稀。铺床拂席置羹饭，疏粝亦足饱我饥。夜深静卧百虫绝，清月出岭光入扉。天明独去无道路，出入高下穷烟霏。山红涧碧纷烂漫，时见松枥皆十围。当流赤足踏涧石，水声激激风吹衣。人生如此自可乐，岂必局束为人靰。嗟哉吾党二三子，安得至老不更归！

③ 白居易，举《买花》以见一斑——

帝城春欲暮，喧喧车马度。共道牡丹时，相随买花去。贵贱无常价，酬直看花数。灼灼百朵红，戋戋五束素。上张幄幕庇，旁织笆篱护。水洒复泥封，移来色如故。家家习为俗，人人迷不悟。有一田舍翁，偶来买花处。低头独长叹，此叹无人喻。一丛深色花，十户中人赋。

④ 李商隐，举《无题》以见一斑——

　　相见时难别亦难，东风无力百花残。春蚕到死丝方尽，蜡炬成灰泪始干。晓镜但愁云鬓改，夜吟应觉月光寒。蓬山此去无多路，青鸟殷勤为探看。

第十四章

唐代传奇

（小说）

　　吾国小说起源甚早，《山海经》《穆天子传》已启其端倪。经子之文，亦间有可入小说者：如《礼记·檀弓》《孟子·齐人》。《汉志》录小说十五家，千三百八十篇，可谓鼎盛。而怪迁变异之谈，尤盛于魏晋六朝。干宝《搜神记》，葛洪《神仙传》，张华《博物志》是其著者。或记叙遗闻轶事，则于皇甫谧《高士传》，裴启《裴子语林》，刘义庆《世说新语》见之。至唐人乃作意好奇，假小说以寄笔端，后人遂名此类小说曰"传奇"，盖始于唐末裴铏之作《传奇》三卷也。

　　唐代小说发达之原因——曰盖因交通便利，异邦文物络绎输入中土，生活遂称繁会，有利于小说之取材也。兼以王公大人之提倡：如褚遂良（高宗时官至尚书左仆射）之作《鬼冢志》，元稹（穆宗时官至同中书门下平章事）之作《会真记》，牛僧孺（穆宗时宰相）之作《玄怪录》，柳公权（文宗时官至太子太师）之作《小说旧闻记》，上有好者，下必从同。而唐人小说复可用于行卷（唐人应举者，卷轴所为诗文，投之卿大夫，谓之"行卷"），亦小说所以风行之由也。

唐代小说之类别及作者——

一曰别传，如陈鸿《长恨歌传》[①]，阙名《李林甫外传》是也。

二曰剑侠，如裴铏《聂隐娘传》，杜光庭《虬髯客传》是也。

三曰艳情，如蒋防《霍小玉传》，白行简《李娃传》是也。

四曰神怪，如李公佐《南柯记》[②]，李朝威《柳毅传》是也。

唐代小说之影响——元明以后北剧南曲，多取材于唐人小说。举其要者有——

元王实甫《西厢记》取材于《会真记》，石君宝《曲江池》取材于《李娃传》。

明汤显祖《紫钗记》取材于《霍小玉传》，张凤翼《红拂记》取材于《虬髯客传》。

清洪昇《长生殿》取材于《长恨歌传》，李渔《蜃中楼》取材于《柳毅传》。

余制尚多，不及备举。至于宋以后摹作唐人小说者，亦颇不乏人，姑无论矣。

〔注释〕

①《长恨歌传》，兹节录片断，以见一斑——

……适有道士自蜀来，知上心念杨妃如是，自言有李少君之术。玄宗大喜，命致其神。方士乃竭其术以索之，不至。又能游神驭气，出天界，没地府以求之，不见。又旁求四虚上下，东极天海，跨蓬壶，见最高仙山，上多楼阙，西厢下有洞户，东向，阖其门，署曰"玉妃太真院"。方士抽簪扣扉，有双鬟童女，出应其门。方士造次未及言，而双鬟复入。俄有碧衣侍女又至，诘其所从。方士因称唐天子使者，且致其命。碧衣云："玉妃方寝，请稍待之。"于时云海沉沉，洞天日晓，琼户重阖，悄然无声。方士屏息敛足，拱手门下。久之，而碧衣延入，且曰："玉妃出。"见一人冠金莲，披紫绡，佩红玉，曳凤舄，左右侍者七八人，揖方士，问："皇帝安否？"次问天宝十四载以还事。言讫，悯然。指碧衣取金钗钿合，各析其半，授使者曰："为我谢太上皇，谨献是物，寻旧好也。"方士受辞与信，将行，色有不足。玉妃固征其意。复前跪致词："请当时一事，不为他人闻者，验于太上皇，不然，恐钿合金钗，负新垣平之诈也。"玉妃茫然退立，若有所思。徐而言曰："昔天宝十载，侍辇避暑于骊山宫。秋七月，牵牛织女相见之夕，秦人风俗，是夜张锦绣，陈饮食，树瓜华，焚香于庭，号为乞巧。宫掖间尤尚之。时夜殆半，休侍卫于东西厢，独侍上。上凭肩而立，因仰天感牛女事，密相誓心，愿世世为夫妇。言毕，执手各呜咽。此独君王知之耳。"……

②《南柯记》，亦称《南柯太守传》，兹节录片断以见一斑——

……生感念嗟叹，遂呼二客而语之，惊骇。因与生出外，寻槐下穴。生指曰："此即梦中所惊入处。"二客将谓狐狸木媚之所为祟。遂命仆夫荷斤斧，断拥肿，折查枿，寻穴究源。旁可袤丈。有大穴，根洞然明朗。可容一榻。上有积土壤，以为城郭台殿之状。有蚁数斛，隐聚其中。中有小台，其色若丹。二大蚁处之，素翼朱首，长可三寸。左右大蚁数十辅之，诸蚁不敢近。此其王矣。即槐安国都也。又穷一穴，直上南枝可四丈，宛转方中，亦有上城小楼，群蚁亦处其中，即生所领南柯郡也。又一穴，西去二丈，磅礴空圬，嵌窅异状。中有一腐龟，壳大如斗，积雨浸润，小草丛生，繁茂翳荟，掩映振壳，即生所猎灵龟山也。又穷一穴，东去丈余，古根盘屈，若龙虺之状。中有小土壤，高尺余，即生所葬妻盘龙冈之墓也。追想前事，感叹于怀，披阅穷迹，皆符所梦。不欲二客坏之，遽令掩塞如旧。是夕，风雨暴发。旦视其穴，遂失群蚁，莫知所去。故先言"国有大恐，都邑迁徙"，此其验矣。复念檀萝征代之事，又请二客访迹于外。宅东一里有古涧涧，侧有大檀树一株，藤萝拥织，上不见日。旁有小穴，亦有群蚁隐聚其间。檀萝之国，岂非此耶？嗟呼！蚁之灵异，犹不可穷，况山藏木伏之大者所变化乎？……

第十五章 敦煌俗文学

敦煌俗文学发现之经过——

一九〇七（清光绪庚子）年，英人斯坦因考古至甘肃敦煌，闻石室中有古代图籍，遂与道士王某密商，出资购得唐五代写本二十四箱及绘画绣物五箱，捆载以去。

是项古物一至伦敦，迅即腾传于世，法政府亦立派伯希和来华搜求，亦得满载归国。

事闻于清政府，始命人将余写本及杂物扫数运京，然经官厅层级扣留，损失又过半矣。

斯坦因再度来华，王道士尚将其私蓄若干悉售与之。

总计今日敦煌汉文写本，伦敦六千卷，巴黎一千五百卷，北京二千五百卷，其中有关文学之作至夥，即所谓"敦煌俗文学"是也。

敦煌俗文学之内容——

一曰诗歌。

于民间杂剧则有《叹五更》《孟姜女》之类。

于叙事诗则有《孝子董永》《季布歌》[①]之类。

于杂曲子则有《天仙子》《凤归云》之类。

二曰散文小说：则有《唐太宗入冥记》《庐山远公话》之类。

三曰变文与俗文。

变文者，源出佛经，虑经文奥邃，通人不解，乃变其文辞以通众也。由诗歌与散文合组而成，以敷陈故事为主，除佛经外尤多取材于中国历史及民间传说，如《大目乾连冥间救母变文》《舜子至孝变文》[②]《王昭君变文》是已。

俗文者，仍由诗歌与散文合组而成，惟以解释佛经为主，将艰深难解之经文，加以通俗之演绎，以经典为纲领，以诗文为笺释，如《佛本行集经俗文》《八相成道俗文》《维摩诘所说经俗文》之类是已。

敦煌俗文学之影响——

以言诗歌之影响则民间杂曲如《叹五更》《十二时》之类至今流行；七言长篇叙事诗如《孝子董永》之类，至今民间大鼓书尚沿袭此体未变。

言小说散文之影响，则于宋代话本为极大。

言变文与俗文之影响，则有如次数种文体：

一曰宝卷。宝卷于每一段落宣扬佛号类俗文，活用佛家故事乃至道家仙家故事如《孟姜女》《梁山伯》之类类变文。

二曰弹词。弹词之文句组织及文调均类变文与俗文。惟以韵文为主，不似变文与俗文韵散兼重。

三曰小说。小说于论断描写处引诗词，亦犹变文与俗文由散入韵时光景，此其一也。小说开端每有“且说”“话说”，末尾有“欲知后事如何，且听下回分解”，亦犹变文与俗文之“如何白佛，且唱将来”“上卷立铺毕，此入下卷”，此其二也。

四曰戏曲。戏曲之有曲有白，即深受变文与俗文之影响者也。

［注释］

①《季布歌》，兹节录一段，略见一斑——

……（季布曰）“臣见雨军排阵口，虎斗龙争必损人；臣骂汉王三五口，不施弓弩遣收军。”霸王闻奏如斯语：“据卿所奏大忠臣！戈戟相冲犹不退，如何闻骂肯收军？卿既舌端怀辩捷，不得妖言误寡人。”季布既闻王许骂，意似狞龙拟作云。遂唤上将钟离眛，各将轻骑后随身。出阵抛骑强百步，驻马攒蹄不动尘。腰下狼牙椗西羽，臂上乌号挂六匀，顺风高绰低牟炽，迸箭长隳镤甲裙。遥望汉王招手骂，发言可以动乾坤。……

②《舜子至孝变文》，兹亦节录一段，略见一斑——

……不经两三日中间，后妻设得计成。妻报瞽叟曰：“妾见后院空仓，三二年来破碎，交伊舜子修仓，四畔放火烧死。”瞽叟报言娘子：“娘子虽是女人，设计大能称细。”瞽叟唤言舜子：“阿耶见后院仓，三二年破碎。我儿若修得仓全，岂不是儿干家了事。"舜子闻道修仓，便知是后阿娘设计，调和一堆涩水，舜子叉手启阿孃："涩水生治不解，须得两个笠子。"后阿孃问瞽叟曰："是你怨（冤）家修仓，须得两个笠子。大伊冤家上仓，不计是两个笠子，四十个笠子也须烧死。"舜子儰得上仓舍，西南角便有火起。第一把火是阿得（后）孃，续得（后）瞽叟第二。第三不是别人，是小弟象儿。即三具火把铠脚且烧，见红炎连天，里（黑）烟且不见天地。舜子恐大命不存，权把二个笠子为鸟（翼），腾空飞卜仓舍。舜子是有道君王，感得地神拥起逐（遂）不烧，毫毛不损……

古文运动之意义——

韩愈柳宗元辈鉴于六朝文专尚骈偶，气格卑靡，因易骈为散，以复古为革新之手段，倡为古文运动。所谓"古文"者，实专指韩柳辈摹古之文字而言也。而后世摹韩柳之文字亦遂以古文目之。

古文运动之先驱者——

远在北周，苏绰即有复古主张，惜时俗从华，继音无闻。至唐初陈子昂出，乃力矫齐梁之绮艳，出以高古之笔法，而文风丕变。嗣以萧颖士、李华、独孤及辈之呴嘘，始流沫成轮，而为韩柳古文运动之前驱焉。

韩柳之古文——

韩愈于文 ①，雄厚奇崛，各体皆精。本传谓其与孟轲扬雄相表里，当不诬也。读《张中丞传后叙》《祭十二郎文》《原道》《师说》之类可见一斑矣。综其特色有二：一曰广博，六经诸子之文，靡不融贯于中；二曰力脱窠臼，"惟陈言之务去""于辞必己出"是也。有《韩昌黎全集》。

柳宗元于文 ② 雅健竣洁，雅健者如《封建论》，竣洁者如《永州八记》。而其专擅则在《永州八记》之类山水游记，文出《山海经》《水经注》而精致则又过之，所谓"青出于蓝而青于蓝"是也。有《柳河东集》。

与韩柳同时代之古文家有李观、李翱、李翊、皇甫湜、张籍、沈亚之等，类皆为与韩柳有关系人物。盖以韩愈"抗颜为师"，门徒特众；子厚远谪遐方，知交较少，故宗韩者在当时已为独盛。其中惟李观系李华从子，与愈同举进士，蚤卒，故"其文未极"，作风奔放而欠沉着，于《晁错论》可见也。李翱，愈之侄婿与门人，作风纡徐和平，为宋代作者所宗，于《答皇甫湜书》可见也。

韩柳文之影响——

在当时为小，在后世为大。上自欧（阳修）、曾（巩）、苏（洵、轼、辙）、王（安石），下逮桐城、阳湖诸子之文，均莫不奉以为圭臬。

〔注释〕

① 韩愈文，录其《杂说四》以见一斑——

世有伯乐，然后有千里马。千里马常有，而伯乐不常有。故虽有名马，祇辱于奴隶人之手，骈死于槽枥之间，不以千里称也。

马之千里者，一食或尽粟一石。食马者不知其能千里而食也，是马也，虽有千里之能，食不饱，力不足，才美不外见，且欲与常马等不可得，安求其能千里也？

策之不以其道，食之不能尽其材，鸣之而不能通其意，执策而临之，曰："天下无马！"呜呼！其真无马邪？其真不知马也！

②柳宗元文，姑录《永州八记·小石潭记》略见一斑——

从小丘西行百二十步，隔篁竹，闻水声，如鸣珮环，心乐之。伐竹取道，下见小潭，水尤清冽。全石以为底，近岸，卷石底以出，为坻，为屿，为嵁，为岩。青树翠蔓，蒙络摇缀，参差披拂。

潭中鱼可百许头，皆若空游无所依，日光下澈，影布石上，佁然不动；俶尔远逝，往来翕忽。似与游者相乐。

潭西南而望，斗折蛇行，明灭可见。其岸势犬牙差互，不可知其源。

坐潭上，四面竹树环合，寂寥无人。凄神寒骨，悄怆幽邃。以其境过清，不可久居，乃记之而去。

同游者：吴武陵，龚古，余弟宗玄；隶而从者，崔氏二小生：曰恕己，曰奉壹。

唐五代词

第十七章

词之起源——昔人解此,异说纷纭。有谓词出于《诗》《骚》,名之"诗余",盖以长短之句,当时已具端倪。有谓词源于乐府。有谓唐代近体诗实为词之先河,以绝句皆可歌,厌倦生而和声起。而要以近人陆侃如说词为唐代句调整齐的近体诗,以谱繁变的胡乐,发生龃龉之后,应运而产生之句调参差的新歌辞为近似也。

中唐词——为词之发轫期。此期作品多接近诗,词人亦多由诗人兼之。作者有张松龄、张志和、顾况、戴叔伦、韦应物、王建、刘禹锡、白居易等。而张志和《渔歌子》[①],王建《调笑令》,白居易《忆江南》诸词,最为人传诵。

晚唐词——为词之成长期。词至此遂规模粗具。大词人温庭筠亦于此期诞生。温词精密流丽,擅写艳情,于《菩萨蛮》[②]《南歌子》见之。有《握兰》《金荃》二集。他如皇甫松、韩偓、李晔、张曙诸人,亦各有佳作，负誉于时。

五代十国词——为词之成熟期。此期词人辈出：

属五代者有李存勖、毛文锡、牛希济、和凝等。中以和凝"历敭五朝"，所作独多，号称"曲子相公"。惟其词艳冶藻丽，喜歌颂升平，殊少深刻感人者。

属十国者有韦庄、牛峤、冯延巳、李璟、李煜③、欧阳炯、孙光宪等。而西蜀南唐，词最发达。西蜀韦庄之词，清艳绝伦。有《浣花集》。南唐则冯延巳词思深词丽，韵逸调新，足数大家。有《阳春集》。李璟词存者颇少，以《摊破浣溪沙》一首为最有名，委婉哀怨，允称绝唱。而李煜以旷世之才，遭家国之变，发为篇什，自然哀感缠绵，风华冠代。至其高情逸韵，尤推古今独步。后人合其父璟所作词，号《南唐二主词集》。

[注释]

① 张志和《渔歌子》——

　　西塞山前白鹭飞，桃花流水鳜鱼肥。青箬笠，绿蓑衣，斜风细雨不须归。

② 温庭筠《菩萨蛮》——

　　南园满地堆轻絮，愁闻一霎清明雨。雨后却斜阳，杏花零落香。无言匀睡脸，枕上屏山掩。时节欲黄昏，无憀独倚门。

③ 李煜词，录其《浪淘沙》一阕略见一斑——

　　帘外雨潺潺，春意阑珊。罗衾不耐五更寒。梦里不知身是客，一晌贪欢。独自莫凭栏，无限江山。别时容易见时难。流水落花春去也，天上人间。

宋词

第十八章

宋词之分派——宋以前词尚只有婉约一派，至苏轼、辛弃疾辈出，乃一洗过去绮罗香泽之态，而出以雄健之笔，遂为词坛开一新境，而有所谓豪放派焉。而婉约派中作风又不一律：有趋于浑厚者如欧阳修，秀媚者如周邦彦，秾丽者如贺铸，哀艳者如李清照，清空者如姜夔，生硬者如吴文英，纤巧者如蒋捷，则要难悉举矣。

北宋词——

北宋词人，以苏轼与周邦彦为领袖，而欧阳修、柳永、李清照辈亦俱称大家。

欧阳修词介在新旧二派之间，或类因袭南唐之晏殊，或类自辟蹊径之张先、柳永。作风淡婉秀丽。有《六一词》。

柳永词[①]多用俗语，长于铺叙，兼常涉狎媟，喜为颂词，时俗好之。

且创为慢词，贡献于词坛殊大。有《乐章集》。

苏轼词[②]以清新旷放开宗，"雄姿英发"，词坛风气为之丕变。所谓"使人登高望远，举首高歌"者，《东坡词》当之无愧矣。黄庭坚、晁补之、向子諲、陈与义是其流亚也。

周邦彦[③]妙精音律，多创新调，为北宋婉约派词人大家。其词特色有五：一、工于铺叙；二、多用俗语；三、喜涉狎媟；四、辞白精妙；五、风力遒劲。上三承柳永而下二开姜夔。有《清真集》。万俟咏、晁端礼、吕渭老、蔡伸是其流亚也。

李清照词[④]早年多清丽妍媚，晚年多凄清淡净，其长在以白话字句入词，得天然风韵。有《漱玉集》。

北宋词人尚有晏几道、贺铸、秦观、朱淑贞等，均各有胜擅，足以名家，未能殚述。

南宋词——

南宋词人，以辛弃疾与姜夔为领袖。

辛弃疾词[⑤]虽称豪放而其实作风多端：亦悲壮，亦潇洒，亦绵丽，亦淡婉。驱遣经史，奴役《诗》《骚》，龙腾虎掷，堂庑之大为两宋冠：盖天才与阅历使然也。是继承苏派而为苏派之改革者也。有《稼轩长短句》十二卷。朱敦儒、陆游、刘克庄、刘过是其流亚也。

姜夔[⑥]后辛弃疾十余年生，邃于音律。为周邦彦之承继者与改革者。作风以骚雅沉郁，高旷清空见长。而以其立意修辞协律之故，时或伤于雕琢。有《古石词》。吴文英、王沂孙、周密、张炎等，是所谓"具夔之一体"者也。

〔注释〕

① 柳永词，录《雨霖铃》一阕以见一斑——

寒蝉凄切。对长亭晚，骤雨初歇。都门帐饮无绪，留恋处、兰舟催发。执手相看泪眼，竟无语凝噎。念去去、千里烟波，暮霭沉沉楚天阔。　　多情自古伤离别，更那堪冷落清秋节！今宵酒醒何处？杨柳岸、晓风残月。此去经年，应是良辰好景虚设。便纵有千种风情，更与何人说？

② 苏轼词，录《念奴娇·赤壁怀古》一阕略见一斑——

大江东去，浪淘尽、千古风流人物。故垒西边，人道是、三国周郎赤壁。乱石穿空，惊涛拍岸，卷起千堆雪。江山如画，一时多少豪杰！　　遥想公瑾当年，小乔初嫁了，雄姿英发。羽扇纶巾，谈笑间、樯橹灰飞烟灭。故国神游，多情应笑我、早生华发。人生如梦，一樽还酹江月。

③ 周邦彦词，录《兰陵王》一阕略见一斑——

柳阴直，烟里丝丝弄碧。隋堤上、曾见几番，拂水飘绵送行色。登临望故国，谁识京华倦客？长亭路，年去岁来，应折柔条过千尺。　　闲寻旧踪迹，又酒趁哀弦，灯照离席。梨花榆火催寒食，愁一箭风快，半篙波暖，回头迢递便数驿，望人在天北。凄恻，恨堆积！渐别浦萦回，津堠岑寂，斜阳冉冉春无极。念月榭携手，露桥闻笛。沉思前事，似梦里，泪暗滴。

④ 李清照词，录《武陵春》一阕略见一斑——

风住尘香花已尽，日晚倦梳头。物是人非事事休，欲语泪先流。　　闻说双溪春尚好，也拟泛轻舟。只恐双溪舴艋舟，载不动许多愁。

⑤ 辛弃疾词，录《贺新郎》一阕略见一斑——

绿树听鹈鴂，更那堪、鹧鸪声住，杜鹃声切。啼到春归无寻处，苦恨芳菲都歇。算未抵、人间离别。马上琵琶关塞黑，更长门翠辇辞金阙。看燕燕，送归妾。　　将军百战身名裂。向河梁、回头万里，故人长绝。易水萧萧西风冷，满座衣冠似雪。正壮士、悲歌未彻。啼鸟还知如许恨，料不啼清泪长啼血。谁共我，醉明月？

⑥姜夔词，录《扬州慢》一阕略见一斑——

　　淮左名都，竹西佳处，解鞍少驻初程。过春风十里，尽荠麦青青。自胡马窥江去后；废池乔木，犹厌言兵。渐黄昏，清角吹寒，都在空城。　　杜郎俊赏，算而今、重到须惊。纵豆蔻词工，青楼梦好，难赋深情。二十四桥仍在，波心荡、冷月无声。念桥边红药，年年知为谁生！

宋诗

第十九章

宋诗运笔清新，诗句散文化，喜以议论入诗，是其特点。昔人虽以唐诗雅正，宋诗支离；然宋诗要能承唐人之绪而不为所拘，足与对垒，实未可以偏废也。

北宋诗——

宋初诗尚不脱晚唐窠臼。杨亿、刘筠、钱惟演等十七人互相唱和，号其诗为《西昆酬唱集》，专学李义山七律，以对仗工丽为主，世人谓之"西昆体"。

欧阳修虽亦取其佳致，而实出入李、杜、韩、白，平易雄深，自成一家。以《庐山高》及《明妃曲》最称杰作。有《欧阳永叔集》。

同时王禹偁简雅，苏舜钦豪放，亦均各有胜擅。

而散文化诗，至苏轼[①]乃集其大成，运笔秀逸健举，爽如哀梨，快如并翦，适如意中所欲出。诸体皆工而于七古为最长。有《苏东坡集》。

王安石诗[②]各体皆好，其长在有笔力，多议论，闲适而有山林气。黄庭坚称其暮年小诗"雅丽精绝"，盖不诬也。有《王临川集》。

黄庭坚为"苏门六君子"之一，其诗出老杜而创为清新奇崛之格，以救庸俗油滑之弊，然未免时嫌生涩。有《山谷内外集》。宋吕居仁作《宗派图》，自山谷以下二十五人，陈师道居首，始有"江西诗派"之名。

南宋诗——

南渡后大诗人，世称尤（袤）、杨（万里）、范（成大）、陆（游）。

陆游诗[③]清新刻露，而出以圆润，实能自辟一宗。其忠爱愤发之情，复不减于老杜，故《剑南诗稿》中乃多感激豪宕、沉郁深婉之作，非徒流连光景也。

尤袤诗平淡隽永，尤长于律。有《梁溪遗稿》。

范成大[④]与杨万里诗，俱从江西诗派变化而来，喜写田园之趣。范偏于清婉，有《石湖集》。杨偏于豪健，有《诚斋集》。

除上述四家外，姜白石亦以诗名，其诗淡雅，辞意超妙，不愧大家。

又有所谓"四灵诗"。四灵者，亦称"永嘉四灵"，盖徐照、徐玑、翁卷、赵师秀，均永嘉人也。其诗为江西派之反动。诸人悉以白话体为诗，虽不免伤于纤巧而要亦清新可诵。如"有约不来过夜半，闲敲棋子落灯花""野水多于地，春山半是云"之类，均是其佳句也。

宋遗民诗中，则以谢翱《晞发集》为最有名，他如文天祥、汪元量辈，均以其不同诗笔，发挥其爱国思想。

〔注释〕

① 苏轼诗，录《惠崇春江晚景》略见一斑——

竹外桃花三两枝，春江水暖鸭先知。蒌蒿满地芦芽短，正是河豚欲上时。

② 王安石诗，录《葛溪驿》略见一斑——

缺月昏昏漏未央，一灯明灭照秋床。病身最觉风露早，归梦不知山水长。坐感岁时歌慷慨，起看天地色凄凉。鸣蝉更乱行人耳，正抱疏桐叶半黄。

③ 陆游诗，录《长歌行》略见一斑——

人生不作安期生，醉入东海骑长鲸。犹当出作李西平，手枭逆贼清旧京。金印煌煌未入手，白发种种来无情。成都古寺卧秋晚，落日偏傍僧窗明。岂其马上破贼手，哦诗长作寒螀鸣。兴来买尽市桥酒，大车磊落堆长瓶。哀丝豪竹助剧饮，如锯野受黄河倾。平时一滴不入口，意气顿使千人惊。国仇未报壮士老，匣中宝剑夜有声。何当凯旋宴将士，三更雪压飞狐城。

④ 范成大诗，录《四时田园杂兴之一》略见一斑——

柳花深巷午鸡声，桑叶尖新绿未成。坐睡觉来无一事，满窗晴日看蚕生。

【明】仇英　明妃出塞图

【明】沈周　庐山高图

第二十章 宋代话本

话本为说话人之脚本。而说话，则是市民阶级兴起以后，宋代民间流行的伎艺之一。顾其起源，则最迟当在唐代中叶。

元稹《寄白乐天代书一百韵》诗云："翰墨题名尽，光阴听话移。"自注云："乐天每与余同游，常题名于屋壁。顾复本说《一枝花》，自寅至巳。"

段成式《酉阳杂俎续集》云："予太和末，因弟生日，观杂戏，有市井小说，呼扁鹊作'褊鹊'，字上声。"

李商隐《骄儿》诗云："或谑张飞胡，或笑邓艾吃。"

观上三条，知其时"市井小说"已行于民间，且已有专业之人。复据元稹诗"光阴听话移"，疑说小说者或亦谓之说话。则要与宋代情形无异也。

宋代说话人，据《梦粱录》所载，有四大类——

一、"小说"名"银字儿"，如烟粉灵怪传奇公案扑刀扞棒发迹变态之事。

二、"谈经"者，谓演说佛书。"说参讲"者，谓宾主参禅悟道事。……又有"说浑经"。……

三、"讲史书"者，讲说《通鉴》汉唐历代书史文传兴废战争之事。

四、"合生"与起今随今相似，各占一事也。（按此条不甚可解。）

现存宋人著作中，足称为话本者约三类——

属于"讲史书"者，有——

《大宋宣和遗事》，分前后二集，叙徽钦二朝事，文体白话与文言夹杂，当系杂凑诸书而成，或不尽出宋人。

《新编五代史平话》，叙梁唐晋汉周兴废事，每代二卷，每二卷有目录约百条。每卷以诗起，以诗结。于形容事物处常杂以俪语、诗词、"浑话"，且时故作惊讶疑问之辞。

属于"谈经"者，有《大唐三藏法师取经记》①，计三卷，叙玄奘取经故事，体制颇奇。全书计十七章，每章有题目与诗。

属于"小说"者，有《京本通俗小说》，及《清平山堂所刻话本》与《古今小说》等书之一部分。其目则有《碾玉观音》②《西山一窟鬼》《拗相公》《错斩崔宁》《冯玉梅团圆》《张古老种瓜娶文女》《蒋淑贞刎颈鸳鸯会》《三现身包龙图断冤》等，散见于上举诸书中。此类小说之特色约言有三：每篇均系独立故事，或说或看，顷刻可了，一也。取材多在近时，二也。每篇之始多用诗词或短小故事作为"入话"，三也。

宋代话本之影响——

一、《大宋宣和遗事》与《新编五代史平话》影响于以后《水浒传》与《三国志通俗演义》之写作。

二、《大唐三藏法师取经记》影响于以后吴承恩《西游记》之写作。

三、《京本通俗小说》等影响于以后"三言""两拍"等之写作。

〔注释〕

①《大唐三藏法师取经记》，亦名《大唐三藏取经诗话》，兹录其"过长坑大蛇岑处第六"一段文字，略见一斑——

……当时白虎精哮吼近前相敌，被猴行者战退。半时，遂问虎精甘伏未伏。虎精曰："未伏！"猴行者曰："汝若未伏，看你肚中有一个老猕猴！"虎精闻说，当下未伏。一叫猕猴，猕猴在白虎肚内应。遂教虎精开口，吐出一个猕猴，顿在面前，身长丈二，两眼火光。白虎精又云："我未伏！"猴行者曰："汝肚内更有一个！"再令开口，又吐出一个，顿在面前。白虎精又曰："未伏！"猴行者曰："你肚中无千无万个老猕猴，今日吐至来日，今月吐至来月，今年吐至来年，今生吐至来生，也不尽。"白虎精闻语，心生忿怒。被猴行者化一团大石，在肚内渐渐会大。教虎精吐出，开口吐之不得；只见肚皮裂破，七孔流血。喝起夜叉，浑门大杀。虎精大小粉骨尘碎，绝灭除趴。僧行者收法，歇息一时，欲进前尘，乃留诗曰：

火类坳头白虎精，浑群除灭永安宁。

此时行者神通显，保全僧行过大坑。

②《碾玉观音》见《京本通俗小说》，兹录其中一段文字，略见一斑——

……当下崔宁和秀秀出府门，沿着河，走到石灰桥。秀秀道："崔大夫，我脚痛走不得。"崔宁指着前面道："更行几步，那里便是崔宁住处，小娘子到家中歇足，却也不妨。"到得家中坐定，秀秀道："我肚里饥，崔大夫与我买些点心来喫。我受了惊，得杯酒喫更好。"当时崔宁买将酒来，三杯两盏，正是：三杯竹叶穿心过，两朵桃花上脸来。

宋代杂戏乐曲

第二十一章

戏曲之渊源——

古者娱人乐神，职在巫优。巫以歌舞事神，而优则寓谏君之意于谐谑中，实后代剧曲之滥觞也。

汉造角抵，常从象人，著假面而戏鱼狮。复有傀儡，以偶人作戏，杂以歌舞。则又广而恢之。

魏晋率循旧章，惟石勒使俳优演参军周延断官绢下狱事，为后世《参军戏》先河。

而北朝颇有新制：一曰《代面》，谓出于北齐兰陵王著假面以应敌也。二曰《踏摇娘》，搬演苏郎中酗酒，其妻诉苦之事也。三曰《钵头》，出西域胡人，象父死于虎，其子复仇之事也。则戏剧之雏形已具。

唐本前代，稍更发皇。有歌舞、傀儡、滑稽诸戏。歌舞戏则于《代面》等三种外，更增《参军》及新制《樊哙排君难》二种，颇为时好。

而剧曲新局，实丕于宋。

宋人杂戏乐曲多种，要凡有六——

一曰影戏。影戏者，剪纸或羊皮作人形以充剧中角色，有与讲史书颇同之话本，类后世灯影戏是也。

二曰舞队。舞队者，以人扮演故事，而无固定剧场。其目有《孙武子教女兵》《诸国献宝》等，盖亦歌舞戏之流亚也。

三曰诸宫调。诸宫调者，联合诸宫调而成，一宫调首尾一韵，换宫调即换韵。只供说唱，不能扮演。起于北宋而盛于金代。金院本《董西厢》①即其代表也。

四曰赚词。赚词者，始于南宋初年，盖杂缀当时流行之各种乐曲使成一套也，结构略同元曲而为元曲之先声。

五曰杂剧。杂剧者，要于滑稽调笑中寓谏诤意，与元杂剧有所不同。惟既搬演故事，复有末泥、副净、副末、装孤等角色，知较前代所有者已大为进步。

六曰戏文。戏文者，始于南宋，其中如《乐昌分镜》《王魁负桂英》等，在当时均负盛名。今存《张协状元》②《官门子弟错立身》③《小孙屠》等，疑亦当时戏文之一部。其体制则与后代传奇颇同：如首叙全剧梗概及数色合唱等是。

〔注释〕

① 金院本《董西厢》，兹录其"长亭送别"一段，略见一斑——

〔黄钟官〕〔出队子〕最苦是离别，彼此心头难弃舍。莺莺哭得似痴呆，脸上啼痕都是血。有千种恩情何处说！夫人道："天晚教郎疾去。"怎奈红娘心似铁，把莺莺扶上七香车。君瑞攀鞍空自攧，道得个"冤家宁耐些"。

〔尾〕马儿登程，坐车儿归舍。马儿往西行，坐车儿往东拽。两口儿，一步儿离得远如一步也。

②《张协状元》，兹录其第十六出，略见一斑——

（生出唱）〔蛮牌令〕一意要读诗书，一生望改换门闾。一路到京里受钳锤，一查打得浑身破损，一妻济不得吾儒。一举早题雁塔，第一是张协，方表勤渠。

（白）韩文公曰："圣人不世出，贤人不时出。"且如张协，独占魁名，状元及第。一来仰答天地，二来感谢圣恩，三来荷蒙慈父，今日已成大器。幸然得到梓州，择吉日礼上。十年窗下无人问，一举成名天下知。（生下）

③《宦门子弟错立身》，兹录其第二出前段，略见一斑——

（生上唱）〔粉蝶儿〕积世簪缨，家传宦门之裔，更那堪富豪之后。看诗书，观史记，无心雅丽。乐声平，无非四时佳致。

（白）自家一生豪放，半世疏狂。翰苑文章，万斛珠玑停腕下；词林风月，一丛花锦聚胸中。神仪似霁月清风，雅貌如碧梧翠竹。拈花摘草，风流不让柳耆卿；咏月嘲风，文赋敢欺杜陵老。自家延寿马的便是。父亲是女直人氏，见任河南府同知。前日有东平散乐王金榜，来这里做场。看了这妇人，有如三十三天天上女，七十二洞洞中仙。有沉鱼落雁之容，闭月羞花之貌。鹊飞顶上，尤如仙子，下瑶池；兔走身边，不若嫦娥离月殿。近日来与小生有一班半点之事，争奈撇不下此妇人。如今瞒着我爹爹，叫左右请它来书院中，再整前欢，多少是好！左右过来！……

清末绘本　西厢记风月秋声图

清末绘本　西厢记风月秋声图

元代杂剧

第二十二章

元代以蒙古入主中国，武力则张，文化稍逊，草莱之气，惟秉天真。所用胡乐，嘈杂缓急之间，词不能按，于是节调繁促，纵横驰骤之新声应运而生焉。而百尔士夫，又以当时科目废除垂八十年，才力无所用；兼或不甘于异族之统治，故壹于词曲发之。或以鸣其才，或借古人兴废事以抒其抑郁牢愁。此元剧之所以发达，而元剧文章之所以妙在本色与自然也。

元代杂剧之组织——戏曲之体制，至元代而遂赅备。元杂剧每剧四折，大抵每折一调一韵，有时于四折前或中加一楔子。每折有科、白、曲，科者表演人之动作，白者说白，曲者唱词，后世剧曲均沿之。惟全剧唱者仅一人，非正末即正旦，皆剧中主角。此其组织之大概也。

元代杂剧之概况——据元末人钟嗣成《录鬼簿》，共载四百五十八种，作者凡一百十七人。明宁献王（朱权）《太和正音谱》，共载五百六十六种，作者凡一百八十七人。明臧晋叔《元曲选》计选百种，中四种为明人作，为今通行之本。据近人吴瞿安调查，今实存元剧不过一百一十九种，作者四十四人暨无名氏若干人而已。

元人创造力较小，取材多古人小说，而以唐人小说为尤。如郑光祖《倩女离魂》取材于陈元祐《离魂记》，尚仲贤《柳毅传书》取材于李朝威《柳毅传》之类，可见一斑。而其贡献，则在文辞之自然，为后代戏曲所取法。

元代杂剧之六大作家——

一曰关汉卿。其作品有目可稽者约六十余种，现唯存《窦娥冤》[①]等十二种。《窦娥冤》叙窦娥斩后六月降雪，较今京剧写六月降雪窦娥获赦，其悲恸尤甚。故论者以"奇畢雄放"相许。关氏又长写女性心理情态，无不逼真。

二曰王实甫。其作品存目十余种，现唯存《西厢记》[②]《丽春堂》及《芙蓉亭》之部分。作风雅丽婉媚。《西厢记》共五本，末一本为关汉卿续。写张生与莺莺故事，最称杰作。

三曰马致远。其作品存目十余种，现唯存《陈抟高卧》《汉宫秋》[③]等数种。作风清俊，喜以仙人或诗人故事为题材。或寄其抑郁之怀，或以遗世孤高为快意。

四曰白朴。作品存目亦十余种，现唯存《梧桐雨》与《墙头马上》二种。作风华美鲜妍，近王实甫。

五曰乔吉。作品存目十余种，现唯存《扬州梦》等三种，作风亦属雅艳婉媚之一派。

六曰郑光祖。作品存目近二十种，现唯存《王粲登楼》《倩女离魂》等数种。作风亦慷慨，亦柔婉，遣词之典雅藻丽同于王、白。

而纪君祥《赵氏孤儿》④，演晋国屠岸贾谋杀赵盾，程婴、杵臼救赵氏遗孤事，为夙已闻名世界之大悲剧，有英法诸国译本。增国之光，故附及焉。

〔注释〕

①《窦娥冤》，兹节录第四折中一段，略见一斑——

（魂旦云）……我怕婆婆年老，受刑不起，只得屈认了。因此押赴法场，将我典刑。你孩儿对天发了三桩誓愿：第一桩，要丈二白练挂在旗枪上，若系冤枉，刀过头落，一腔热血休滴在地下，都飞在白练上；第二桩，现今三伏天道，下三尺瑞雪，遮掩你孩儿尸首；第三桩，着他楚州大旱三年。果然血飞上白练，六月下雪，三年不雨，都是为你孩儿来。（诗云）不告官司只告天，心中怨气口难言，防他老母遭刑宪，情愿无辞认罪愆。三尺琼花骸骨掩，一腔鲜血练旗悬；岂独霜飞邹衍屈，今朝方表窦娥冤。（唱）

〔雁儿落〕你看这文卷道来不道来，则我这冤枉要忍耐如何耐？我不肯顺他人，倒着我赴法场；我不肯辱祖上，倒把我残生坏。

〔得胜令〕呀，今日个搭伏定摄魂台，一灵儿怨哀哀。父亲也，你现掌着刑名事，亲蒙圣主差。端详这文册，那厮乱纲常当合败，便万剐了乔才，还道报冤仇不畅怀。……

②《西厢记》，兹录第四本第三折"长亭送别"中崔莺莺一段唱词，略见一斑——

〔正宫·端正好〕碧云天，黄花地，西风紧，北雁南飞。晓来谁染霜林醉？总是离人泪。

〔滚绣球〕恨相见得迟，怨归去得疾。柳丝长玉骢难系，恨不倩疏林挂住斜晖。马儿迍迍的行，车儿快快的随，却告了相思回避，破题儿又早别离。听得道一声"去也"，松了金钏；遥望见十里长亭，减了玉肌。此恨谁知！

〔叨叨令〕见安排着车儿、马儿，不由人熬熬煎煎的气；有甚么心情花儿、靥儿，打扮得娇娇滴滴的媚；准备着被儿、枕儿，则索昏昏沉沉的睡；从今后衫儿、袖儿，都揾做重重叠叠的泪。兀的不闷杀人也么哥！兀的不闷杀人也么哥！久已后书儿、信儿，索与我凄凄惶惶的寄。

〔脱布衫〕下西风黄叶纷飞，染寒烟衰草萋迷。酒席上斜签着坐的，蹙愁眉死临侵地。

〔小梁州〕我见他阁泪汪汪不敢垂，恐怕人知。猛然见了把头低，长吁气，推整素罗衣。

〔幺篇〕虽然久后成佳配，奈时间怎不悲啼。意似痴，心如醉，昨宵今日，清减了小腰围。

〔上小楼〕合欢未已，离愁相继。想着俺前暮私情，昨夜成亲，今日别离。我谂知这几日相思滋味，却原来比别离情更增十倍。

〔幺篇〕年少呵轻远别，情薄呵易弃掷。全不想腿儿相挨，脸儿相偎，手儿相携。你与俺崔相国做女婿，妻荣夫贵，但得一个并头莲，煞强如状元及第。

③《汉宫秋》，兹节录第三折中一段，略见一斑——

……（尚书云）陛下，不必苦死留他，着他去了罢。（驾唱）

〔七弟兄〕说甚么大王、不当、恋王嫱，兀良，怎禁他临去也回头望！那堪这散风雪旌节影悠扬，动关山鼓角声悲壮。

〔梅花酒〕呀！俺向着这迥野悲凉，草已添黄，兔早迎霜。犬褪得毛苍，人搦起缨枪，马负着行装，车运着糇粮，打猎起围场。他他他，伤心辞汉主，我我我，携手上河梁；他部从入穷荒，我銮舆返咸阳。返咸阳，过宫墙；过宫墙，绕回廊；绕回廊，近椒房；近椒房，月昏黄；月昏黄，夜生凉；夜生凉，泣寒螀；泣寒螀，绿纱窗；绿纱窗，不思量！

〔收江南〕呀！不思量除是铁心肠！铁心肠也愁泪滴千行。美人图今夜挂昭阳，我那里供养，便是我高烧银烛照红妆。

（尚书云）陛下，回銮罢，娘娘去远了也！（驾唱）

〔鸳鸯煞〕我煞大臣行说一个推辞谎，又则怕笔尖儿那火编修讲。不见那花朵儿精神，怎趁那草地里风光？唱道伫立多时，徘徊半晌，猛听的塞雁南翔，呀呀的声嘹亮，却原来满目牛羊，是兀那载离恨的毡车半坡里响。（下）

……

④《赵氏孤儿》，兹录其第一折中一段文字，略见一斑——

·（程婴做慌走上云）我抱着这药箱，里面有赵氏孤儿。天也可怜，喜的韩厥将军把住府门，他须是我老相公抬举来的，若是撞的出去，我与小舍人性命都得活也。（做出门科）（正末云）小校，拿回那抱药箱儿的人来。你是甚么人？（程婴云）我是个草泽医人，姓程，是程婴。（正末云）你在那里去来？（程婴云）我在公主府内剪汤下药来。（正末云）你下甚么药？（程婴云）下了个益母汤。（正末云）你这箱儿里面甚么物件？（程婴云）都是生药。（正末云）是甚么生药？（程婴云）都是桔梗、甘草、薄荷。（正末云）可有甚么夹带？（程婴云）并无夹带。（正末云）这等你去。（程婴做走，正末叫科，云）程婴回来，这箱儿里面是甚么物件？（程婴云）都是生药。（正末云）可有甚么夹带？（程婴云）并无夹带？（正末云）你去。（程婴做走，正末叫科，云）程婴回来，你这其中必有暗昧。我着你去呵，似弩箭高弦；叫你回来呵，便似毡上拖毛。程婴，你则道我不认的你哩！（唱）

〔河西后庭花〕你本是赵盾家堂上宾，我须是屠岸贾门下人。你便藏着那未满月麒麟种，（带云）程婴你见么？（唱）怎出的这不通风虎豹屯？我不是下将军，也不将你来盘问。（云）程婴，我想你多曾受赵家恩来。（程婴云）是，知恩报恩，何必要说。（正末唱）你道是既知恩合报恩，只怕你要脱身难脱身；前和后把住门，地和天那处奔；若拿回审个真，将孤儿往报闻，生不能，死有准！……

散曲之释义及内容——对有科白相联贯之曲而言，散曲为无科白相联贯之曲。内容包含小令与套数二种：套数者，诸宫调相同之曲联缀而成者也；小令者，曲体制之短小者，指曲一支而言也，与限于五十八字以内之词小令性质不同。

豪放派散曲家，以马致远为首。

马致远散曲有辑本《东篱乐府》一卷，存小令百余首，套数十余首。以《双调夜行船（秋兴）》《越调天净沙（秋思）》[①]最称杰作。其作风或丰腴详赡，或明畅如话，或秀美，或凄婉：清逸之气时见于豪放中。

马派曲家中，冯子振豪放而萧爽；张养浩豪放与清逸兼而有之；刘致作品不多，而议论纵横，寄慨遥深；贯云石虽作风近马而间有清润与浓艳者：要不一律。

清丽派散曲家，以张小山为首。

张小山生年较马略晚，有《小山北曲联乐府》三卷，《外集》一卷，近人改编为《小山乐府》②，凡六卷。其作风或清俊，或华美，或凄婉，而要以骚雅与蕴藉为旨归。

张派曲家中，关汉卿婉丽（异于其剧作之雄奇），白朴俊爽秀美，乔吉雅俗并用，以奇丽擅名，徐恬则最与小山作风相近：亦均大同而小异。

〔注释〕

①《越调天净沙（秋思）》——

枯藤老树昏鸦，小桥流水人家，古道西风瘦马。夕阳西下，断肠人在天涯。

②《小山乐府》，兹录其"莺穿残杨柳枝"一段，略见一斑——

〔南吕一枝共〕莺穿残杨柳枝，虫蠹损蔷薇刺，蝶搧乾芍药粉，蜂蹙断海棠枝。怕近花时，白日伤心事。清宵有梦思，间阻了洛浦神仙，没乱煞苏州刺史。

〔梁州第七〕悄情缘别来久矣，巧魂灵梦寝求之。一春多少探芳使。著情疼热，痛口嗟咨；往来迢遰，终始参差；一简书写就情间，三般儿寄与娇姿。麝脐薰五花瓣，翠羽香钿；猫眼嵌双转轴，乌金戒指；獭髓调百和香，紫蜡胭脂。念兹在兹，愁和泪须传示。更嘱咐两三次，诉不尽心间无限思，倒羞了燕子莺儿。

〔尾声〕无心学写钟王字，遣兴闲视李杜诗；风月关情随人志。酒不到半卮，饭不到半匙，瘦损了青春少年子！

第二十四章

明代传奇

（戏曲——上）

传奇又称南曲①，与称北曲之杂剧相对。南宋已启其端倪。如《乐昌分境》《赵贞女蔡二郎》《王魁负桂英》之类，在当时均负盛名，今犹可睹见其残文。至元代而渐繁盛，作者渐夥，徐渭《南词叙录》著录"宋元旧编"凡六十五部，此外于沈璟《南九宫谱》、张禄《词林摘艳》、无名氏《雍熙乐府》中，亦均不少南戏残文，而以元代戏文为最多：其进展之迹可以概见矣。

传奇与杂剧之区别——杂剧每剧限于四折，传奇折数无限制，此其一也。杂剧一人独唱到底，传奇则剧中角色皆可唱，此其二也。传奇于句首每有角色出场，叙全剧梗概，谓之"家门"，杂剧无之，此其三也。

明代传奇之分期——明代传奇可分三期：

第一期为明初，作风多尚朴质。

第二期起嘉靖讫万历中叶，作风多尚典丽。

第三期自万历中叶以讫明亡，作风腻而不失于丽，鄙而不失于质，在深浅浓淡雅俗之间，是明传奇之黄金时代也。

〔注释〕

① 传奇又称南曲，兹录王国维《宋元戏曲史》第十四章"南戏之渊源及时代"中一段文字，以见大概——

南戏始于何时，未有定说。明祝允明《猥谈》(《续说郛》卷四十六) 云："南戏出于宣和之后，南渡之际，谓之温州杂剧。予见旧牒，其时有赵闳夫榜禁，颇述名目，如《赵贞女蔡二郎》等，亦不甚多。"云云。其言"出于宣和之后"，不知何据。以余所考，则南戏当出于宋之戏文，与宋杂剧无涉；唯其与温州相关系，则不可诬也。戏文二字，未见于宋人书中，然其源则出于宋季。元周德清《中原音韵》云："南宋都杭，吴兴与切邻，故其戏文如《乐昌分镜》等，唱念呼吸，皆如约韵。"(谓沈约韵) 此但浑言南宋，不著其为何时。刘一清《钱塘遗事》则云："贾似道少时，佻佻尤甚。自入相后，犹微服闲行，或饮于伎家。至戊辰己巳间，王焕戏文盛行于都下，始自太学有黄可道者为之。"则戏文于度宗咸淳四五年间，既已盛行，尚不言其始于何时也。叶子奇《草木子》，则云："俳优戏文，始于王魁，永嘉人作之。识者曰：若见永嘉人作相，国当亡。及宋将亡，乃永嘉陈宜中作相。其后元朝南戏盛行，及当乱，北院本特盛，南戏遂绝。"案宋官本杂剧中，有《王魁三乡题》，其翻为戏文，不知始于何时，要在宋亡前百数十年间。至以戏文为永嘉人所作，亦非无据。案周密《癸辛杂志》别集上，纪温州乐清县僧祖杰、杨髡之党，(中略) 旁观不平，乃撰为戏文以广其事。又撰《琵琶记》之高则诚，亦温州永嘉人。叶盛《菉竹堂书目》，有《东嘉韫玉传奇》。则宋元戏文，大都出于温州。然则叶氏永嘉始作之言，祝氏"温州杂剧"之说，其或信矣。元一统后，南戏与北杂剧并行。《青楼集》云："龙楼景、丹墀秀，皆金门高之女，俱有姿色，专工南戏。"《录鬼簿》谓："南北调合腔，自沈和甫始。"又云："萧德祥，凡古文俱檃括为南曲，街市盛行，又有南曲戏文等。"以南曲戏文四字连称，则南戏出于宋末之戏文，固昭昭矣。

明代传奇

（戏曲——下）

第二十五章

明代第一期传奇——

以高明《琵琶记》最称杰作。叙蔡邕上京，五娘寻夫故事，哀感动人，以本色见长，而不废藻饰，与《西厢记》南北齐名。

而《荆》《刘》《拜》《杀》，亦负时誉。《杀》者《杀狗记》，徐畹作，叙孙大之妻杀狗劝夫事，作风朴拙可爱。《拜》者《拜月亭》，传系施惠作，叙蒋士隆与妹乱离中故事，作风介在高徐之间。《刘》者《刘知远》，又名《白兔记》，无名氏作，叙刘知远与其妻李三娘故事，写三娘苦况，至足感人，作风朴拙近徐。《荆》者《荆钗记》，朱权作，叙王十朋与钱玉莲故事，颇仿《琵琶记》而力有未逮。

明代第二期传奇——

以梁辰鱼《浣纱记》为首屈一指，叙吴越兴亡故事而以范蠡西施事为关合。作风典雅华赡，情辞尤美。而利用昆腔作剧，亦自此始，影响于后来极大。

而张凤翼《红拂记》，取材于《虬髯客传》，作风亦雄肆亦哀艳。郑若庸《玉玦记》，叙王商与秦庆娘故事，旨在暴露句阑罪恶，作风工丽。薛近兖《绣襦记》，叙郑元和与李亚仙故事，旨在揭出妓流中亦不乏深于情者，作风朴素而流利。梅鼎祚《玉合记》，叙韩翃章台柳故事，作风极秾丽。均并时妙选。

明代第三期传奇——

以汤显祖《牡丹亭》[①]冠绝群伦，为明代传奇一大收获。《牡丹亭》又名《还魂记》，与其所著《紫钗记》《南柯记》《邯郸记》合称"玉茗堂四梦"。此叙青年柳梦梅与杜丽娘恋爱故事，写少女心情，入木三分。作风秾丽而俊爽。

与汤同时而对峙之作者厥为沈璟，精音律，所作传奇十七种，今唯存《义侠记》与《埋剑记》，《义侠记》叙武松杀嫂故事，《埋剑记》叙吴延季与郭仲翔交游故事，作风朴质而能动人。然均不能列为上品，盖其于明曲之贡献在音律不在文字也。

后此作家，要无非汤、沈之追踪者矣。范文若作传奇十余种，以"鸳鸯花梦"即《鸳鸯棒》《花筵赚》《梦花酣》为最著。《鸳鸯棒》取材于《古今小说·棒打薄情郎》，作风清丽俊爽，颇似汤显祖。李玉所作传奇三十余种，以"一人永占"即《一捧雪》《人兽关》《永团圆》《占花魁》为最著。《一捧雪》叙莫怀古因玉杯得罪奸相事，作风以悲壮慷慨见长。阮大铖所作传奇有《燕子笺》[②]《春灯谜》《牟尼合》《双金榜》等。以《燕子笺》尤为新艳；叙霍都梁与华、郦二女爱恋故事，秀丽隽永，能得汤义仍神采。吴炳所作传奇五种，以《疗妒羹》《情邮记》风格尤高。《疗妒羹》叙小青不见容于大妇故事，缠绵宛转，雅丽兼之。

〔注释〕

①《牡丹亭》，兹录其"游园"一段，略见一斑——

（旦）春香，可曾吩咐花郎，扫除花径么？

（贴）小姐，已吩咐过了。

（旦）好天气吓！

〔步步娇〕袅晴丝吹来闲庭院，摇漾春如线。停半晌，整花钿。没揣的菱花，偷人半面，迤逗的彩云偏。（贴）小姐，请行一步。（旦）我步香闺，怎便把全身现？

〔扶醉归〕（贴）你道翠生生出落的裙衫儿茜，艳晶晶花簪八宝填。（旦）可知我一生爱好是天然！（贴）小姐，恰三春好处无人见，不提防沉鱼落雁鸟惊喧，则怕的羞花闭月花愁颤。

（贴）来此已是花园门首，请小姐进去罢。

（旦）你看画廊金粉半零星。

（贴）小姐，你看好金鱼池吓！

（旦）池馆苍苔一片青。

（贴）踏草怕泥新绣袜，惜花疼煞小金莲。

（旦）不到园林，怎知春色如许！

（贴）便是。

〔皂罗袍〕（旦贴合）原来姹紫嫣红开遍，似这等都付与断井颓垣。良辰美景奈何天，赏心乐事谁家院？朝飞暮卷，云霞翠轩；雨丝风片，烟波画船。锦屏人忒看得这韶光贱！

（贴）小姐，杜鹃花开得好盛吓！

〔好姐姐〕（旦）遍青山啼红了杜鹃。（贴）这是荼蘼架。（旦）荼蘼外烟丝醉软。（贴）是花都开，牡丹还早哩。（内莺儿叫介）（贴）小姐，你看那莺燕成对儿，叫得好听吓！（旦）闲凝眄，生生燕语明如剪，呖呖莺声溜的圆。

（贴）小姐，留些余兴，明日再来耍子吧！

（旦）有理。

（贴）小姐，这园子委实观之不足也。

〔尾声〕（旦）观之不足由他遣，便赏遍了十二亭台是惘然，倒不如兴尽回家闲过遣。

（贴）小姐，你且歇息片时，我去看看老夫人再来。

（旦）你去去就来吓。

（贴）晓得。（贴下）

②《燕子笺》，兹录第十一齣《写笺》首段，略见一斑——

〔步步娇〕（双蝴蝶飞上舞台。旦徐步上）甚风儿吹得花零乱，你看双蝶依稀见。呀，这一对蝴蝶儿怎么飞得如此好，只管在奴家衣上扑来。为何的扑面掠云鬟？又上花树上探花去了，红紫梢头，恁般留恋！（作花下仰看、又回身介）呀！怎么又在裙儿上旋绕？欲去又飞还，将粉须儿钉住裙衩线。（蝶飞在桌上，旦桌上扑打不着，遂睡，蝶下介。梅上介）悄步香闺内，巫山梦未醒。呀！小姐，才梳洗了，缘何睡在妆台上。待我轻轻唤醒她做鍼指。（轻咳，唤介；旦徐起，唱）

〔风马儿〕（旦）锁窗午梦线慵拈，心头事，忒廉讖。（起坐介）梅香，檐前是甚么响？（梅香）晴檐铁马儿无风转，被啄花小鸟弄得响珊珊。〔减字木兰花〕（旦）春光渐老，流莺不管人烦恼。细雨窗纱，深巷清晨卖杏花。（梅）眉峰双蹙，画中有个人如玉。小立檐前，待燕归来始下帘。（旦）梅香，我这两日身子有些不快，刚才梦中，恍恍惚惚，像是在花树下扑打那粉蝶儿，被荼蘼刺挂住绣裙，闪了一闪，始惊醒了。（梅）是了，是了，前日错了那幅春容，有这许多光景在上面，小姐眼中见了，心中想着，故有此梦。不知梦中可与那红衫人儿在一答么？（旦）莫胡说。你且取画过来，待我再细看一看。（梅）理会得。（取画介）小姐，画在此。（旦取画细看介）

　　〔黄莺儿〕（旦）心事忒无端，惹春愁为这笔尖。哑丹青问不出真和赝。将为偶然，如何像得这般？梅香，取镜来。（小旦取镜介。旦看镜，又看画，笑介）这画中女娘，真个像我不过，只这腮边多了个红印儿，多只多粉腮边一点桃红绽，若为怜，俏把气儿呵着，他便飞卜并香肩。……

曲澗小橋邊梅香照眼鮮

琵琶記四卷　〔元〕高明撰　明凌濛初刻朱墨套印本

第二十六章 明代小说

小说至明而大盛，举其长篇，重要者有四——

一曰《水浒传》①，叙梁山泊百八英雄聚义事也。为吾国演化小说第一部。盖当宋元之际，民间已有如"智取生辰纲""白龙庙小聚会"之类片断水浒故事流传。迨元末明初，始有施耐庵、罗贯中写集成书，复经杨定见、汪道昆、李卓吾辈之增订删削，始成为各种不同较佳之本。今国内通行者有三：商务馆百二十回本《忠义水浒传》一也，北平李氏百回本《忠义水浒传》二也，金圣叹七十一回本《水浒传》三也。

二曰《三国志演义》，相传为罗贯中作，叙魏、蜀、吴三分天下故事，系根据正史而加工点染。其文学价值虽稍逊于《水浒》，而其影响于民间者则极大。

三曰《西游记》②，叙唐僧取经故事，亦演化小说之流亚也。南宋时民间已有取经小说，金元复制为剧本。经明吴承恩写集成书，复出以作者创想，遂成为我国神话文学名著。

四曰《金瓶梅》，无名氏作，内容系将《水浒传》西门庆一段插话加以放大。以一市侩为中心，描写人情世态，颇能烛其隐曲，尽其情伪。虽文笔间涉秽亵，然要亦当时时尚也。

明代长篇小说除上所举，尚有《隋唐志传》《封神传》《平妖传》《平山冷燕》《玉娇李》等，皆风行一时，不及备述。

短篇小说之刊行于明代重要者有八——

一曰《清平山堂所刻话本》③。约刊于嘉靖间，刊行者洪楩，已残阙，原名与卷数均不可考，书名亦近人所加。余存宋、元、明短篇小说凡十五种。

二曰《万历话本小说》四种。刊行者疑是熊龙峰，或为一丛书之分册。作品年代早或宋、元，迟当在明弘治正德间。

三曰"三言"。"三言"者，《喻世明言》《警世通言》《醒世恒言》是也。三部分各四十卷，凡百二十卷。冯梦龙编。刊于天启时。作品年代跨越宋、元、明三朝，为明代最大平话总集。其中《喻世明言》又称《古今小说》，有商务印书馆排印本。

四曰"二拍"。《拍案惊奇》三十六卷刊于天启七年，《拍案惊奇二刻》三十九卷刊于崇祯五年。凌濛初作。为平话有专集之始。

五曰《今古奇观》。抱瓮老人编。凡四十卷。取自"三言""二拍"。

六曰《醉醒石》。东鲁古狂生编。约刊于崇祯、顺治间。凡十五回，载小说十五种。

七曰《西湖二集》。约刊于崇祯、顺治间。三十四卷。题"武林济川子清原甫纂"。清原姓周，明末诸生。叙事不限时代，而必与西湖有关。且喜用"引子"，或多至三四。尚有《西湖一集》，已佚。

八曰《石点头》。亦明、清间刊物。所载小说十四种，天然痴叟作。痴叟号浪仙，冯梦龙友。

综上所述明代短篇小说，可知其：一、所取题材虽不免可惊可愕，叙事写人则常亲切自然；二、当时社会状况，每反映于作者笔下；三、猥黩描写几成时尚，为作者所不避；四、垂教训于文章，亦同时为作者所深喜。是其特色也。

〔注释〕

①《水浒传》，亦称《水浒全传》，兹录其第十六回"杨志押送金银担　吴用智取生辰纲"中一段文字，略见一斑——

没半碗饭时，只见远远地一个汉子挑着一副担桶，唱上冈子来，唱道："赤日炎炎似火烧，田中禾稻半枯焦。农夫心内如汤煮，公子王孙把扇摇。"那汉子口里唱着，走上冈子来，松林里头歇下担桶，坐地乘凉。众军看见了，便问那汉子道："你桶里是甚么东西？"那汉子应道："是白酒。"众军道："挑往那里去？"那汉子道："挑出村里卖。"众军道："多少钱一桶？"那汉子道："五贯足钱。"众军商量道："我们又热又渴，何不买些吃？也解暑气。"正在那里凑钱，杨志见了，喝道："你们又做甚么？"众军道："买碗酒吃。"杨志调过朴刀杆便打，骂道："你们不得酒家言语，胡乱便要买酒吃，好大胆！"众军道："没事又来捣乱！我们自凑钱买酒吃，干你甚事，也来打人！"杨志道："你这村人，理会的甚么！到来只顾吃嘴！全不晓得路途上的勾当艰难。多少好汉，被蒙汗药麻翻了！"那挑酒的汉子看着杨志冷笑道："你这客官好不晓事！早是我不卖与你吃，却说出这般没气力的话来！"……

②《西游记》，录第七回"八卦炉中逃大圣　五行山下定心猿"首段，略见一斑——

话表齐天大圣被众天兵押去斩妖台下，绑在降妖柱上，刀砍斧剁，枪刺剑刳，莫想伤及其身。南斗星奋令火部众神，放火煅烧，亦不能烧着。又着雷部众神以雷屑钉打，越发不能伤损一毫。那大力鬼王与众启奏道："万岁，这大圣不知何处学得这护身之法，臣等用刀砍斧剁、雷打火烧，一毫不能伤损，却如之何？"玉帝闻言道："这厮这等，这等……如何处治？"太上老君即奏道："那猴吃了蟠桃，饮了御酒，又盗了仙丹。我那五壶丹，有生有熟，被他都吃在肚里，运用三昧火，锻成一块，所以浑做金钢之躯，急不能伤。不若与老道领去，放在八卦炉中，以文武火锻炼，炼出我的丹来，他身自为灰烬矣。"玉帝闻言，即教六丁六甲将他解下，付与老君。老君领旨去讫。……

那老君到兜率宫，将大圣解去绳索，放了穿琵琶骨之器，推入八卦炉中，命看炉的道人，架火的童子，将火扇起锻炼。原来那炉是乾、坎、艮、震、巽、离、坤、兑八卦。他即将身钻在"巽宫"位下，巽乃风也，有风则无火，只是风搅得烟来，把一双眼熰红了，弄做个老害病眼，故唤作火眼金睛。真个光阴迅速，不觉七七四十九日，老君的火候俱全，忽一日，开炉取丹。那大圣双手侮着眼，正自揉搓流涕，只听得炉头响声，猛睁睛看见光明，他就忍不住将身一纵，跳出丹炉，唿喇的一声，蹬倒八卦炉，往外就走。慌得那架火看炉与丁甲一班人来扯，被他一个个都放倒，好似癫痫的白额虎，风狂的独角龙。老君赶上抓一把，被他一捽，捽了个倒栽葱，脱身走了。即去耳中掣出如意棒，迎风幌一幌，碗来粗细，依然拿在手中，不分好歹，却又大乱天宫，打得那九曜星闭门闭户，四天王无影无形。……

③《清平山堂所刻话本》，简称《清平山堂话本》。兹录《快嘴李翠莲记》几段文字，略见一斑——

入话：

出口成章不可轻，开言作对动人情；

虽无子路才能智，单取人前一笑声。

此四句单道：昔日东京有一员外，姓张名俊，家中颇有金银。所生二子，长曰张虎，次曰张狼。大子已有妻室，次子尚未婚配。本处有个李吉员外，所生一女，小字翠莲，年方二八，姿容出众，女红针指，书史百家，无所不通。只是口快些，凡向人前，说成篇，道成溜，问一答十，问十道百。有诗为证：

问一答十古来难，问十答百岂非凡。

能言快语真奇异，莫作寻常当等闲。

话说本地有一王妈妈，与二边说合，门当户对，结为姻眷，选择吉日良时娶亲。三日前，李员外与妈妈论议，道："女儿诸般好了，只是口快，我和你放心不下。打紧她公公难理会，不比等闲的，婆婆又兜答，人家又大，伯伯、姆姆，手下许多人，如何是好？"妈妈道："我和你也须分付她一场。"只见翠莲走到爹妈面前，观见二亲满面忧愁，双眉不展，就道：

"爷是天，娘是地，今朝与儿成婚配。男成双，女成对，大家欢喜要吉利。人人说道好女婿：有财、有宝、又豪贵；又聪明，又伶俐，双六、象棋、通六艺；吟得诗，作得对，经商买卖诸般会。这门女婿要如何？愁得苦水儿滴滴地。"

员外与妈妈听翠莲说罢，大怒曰："因为你口快如刀，怕到人家多言多语，失了礼节，公婆人人不喜欢，被人笑耻，在此不乐。叫你出来，吩咐你少作声，颠倒说出一篇来，这个苦恁的好！"翠莲道：

"爷开怀，娘放意；哥宽心，嫂莫虑。女儿不是诗伶俐，从小生得有志气。纺得纱，绩得苧，能裁、能补、能绣刺；做得粗，整得细，三茶、六饭一时备；推得磨，捣得碓，受得辛苦吃得累。烧卖、扁食有何难，三汤两割我也会。到晚来，能仔细，大门关了小门闭；刷净锅儿掩厨柜，前后收拾自用意。铺了床，伸开被，点上灯，请婆婆，叫声安置进房内。如此伏侍二公婆，他家有甚不欢喜？爹娘且请放心宽，舍此之外值个屁！……

清代小说承明代小说余绪，激流畅波，益增壮阔。举其短篇之重要者有四——

一曰《十二楼》。李渔作。全书计小说十二种，每种名目中俱有"楼"字，且一种小说常分数回。

二曰《西湖佳话》。墨浪子编。载小说十六种。与《西湖二集》体制微近：所叙事要皆与西湖有关。

三曰《娱目醒心编》。草亭老人作。全书十六卷，卷叙一事。每种小说常分为数回，与《十二楼》近。

四曰《今古奇闻》。刊于清光绪间。凡二十二卷。为《醒世恒言》与《娱目醒心编》等书之选本。

除上所述，尚有笔记体小说如蒲松龄《聊斋志异》①，多述狐鬼之事，藉异物以抒孤愤，文笔藻丽，佳处不减唐宋传奇；钮琇《觚賸》，记明清杂事，幽艳凄动，有唐人小说遗风；纪昀《阅微草堂笔记》隽永淡雅，寓讽刺于怪迂，而不屑屑于描头画角：并为士大夫所爱读。

长篇之重要者有八——

一曰《儒林外史》。五十五回。吴敬梓作。以士大夫阶层为对象，本公平之宅心，施入微之刻画，故虽讽刺而未离现实，诚为白描高才，狙击辣手。

二曰《红楼梦》[2]。百二十回。曹霑作。写一贵族家庭之由盛而衰，实其自身可悲之经历也。书中人物多至四百，均栩栩如生，各不相侔。叙事言情，并臻上乘；而对话尤为杰出。论其写作艺术，实为我国旧来小说白眉。书之后四十回未杀青而曹霑已死，为高鹗所补辑者。

三曰《镜花缘》。一百回。李汝珍作。叙唐敖远游异国及其女与众才女应试事。书中讥砭时俗，颇多中肯。为女权倡导者之前驱。

四曰《儿女英雄传》。五十三回。文康作。写十三妹为父报仇，得嫁安骥，后安骥终以探花及第，位极人臣事。乃作者家道中落，诸子不肖，写此以慰情者。

五曰《三侠五义》。百二十回。同治间石玉昆作。叙诸侠佐包龙图锄奸事，描写清劲可喜。嗣经俞樾于光绪十五年改作第一回，遂易名《七侠五义》行世。

六曰《老残游记》。二十回。刘鹗作。叙老残游历所见，文章风致足媲美《儒林》。

七曰《海上花列传》。六十四回。韩邦庆作。写上海妓女生活而以吴语为对白，自然生动，出其他狭邪小说上。

八曰《官场现形记》。六十回。李宝嘉作。描写官场丑恶情形，虽意在匡世，而辞气浮露，笔无藏锋，杂缀时闻，类同话柄，遂开后来黑幕小说之先声焉。

除上所举，清代长篇小说尚有蒲松龄《醒世姻缘传》，夏敬渠《野叟曝言》，李绿园《歧路灯》，魏子安《花月痕》，吴沃尧《二十年目睹之怪现状》，曾朴《孽海花》等，亦均各负时誉，要难悉述。

而清末林琴南意译西洋小说二百余种，包括国别八九，名家二十余人，为译界一大盛事。唯以其不谙外文，凡所译述皆与人合作，不免有选材芜杂与隔膜文意之感。然如《块肉余生述》③《茶花女遗事》《魔侠传》之类，亦颇能得原作神采，殊有足多者。

〔注释〕

①《聊斋志异》，兹录《耳中人》一篇略见一斑——

谭晋元，邑诸生，笃信导引之术，寒暑不辍。行之数月，若有所得。一日，方趺坐，闻耳中小语如蝇曰："可以见矣！"开目即不复闻。合目定息，又闻如故。因思视其所言，当因以觇之。一日又言。乃微应曰："可以见矣！"俄觉耳中习习然，似有物出；微睨之，一长三寸许小人，貌狞恶如夜叉，旋转地上。心窃异之，始凝神以观其变。忽有邻人假物，扣门而呼。小人闻之，意张皇，绕屋而遁，如鼠失窟。谭觉神魂俱失，不复知小人何所之矣。遂得颠疾，号叫不休，医药半年，始渐愈。

②《红楼梦》，录第十八回中几段文字，略见一斑——

少时袭人倒了茶来，见身边佩物一件不存，因笑道："带的东西又是那些没脸的东西们解了去了。"林黛玉听说，走过来瞧瞧，果然一件无存，因向宝玉道："我给你的那个荷包也给他们了？你明儿再想我的东西，可也不能够了！"说毕，赌气回房，将前日宝玉所烦他做的那个香袋儿——才做了一半，赌气拿过来就铰。宝玉见他生气，便知不妙，忙赶过来，早剪破了。宝玉曾见过这香袋，虽未完工，却十分精巧，费了许多工夫，今见无故剪了，却也可气。因忙把衣解了，从里面衭襟上将黛玉所给的那荷包解了下来，递与黛玉瞧道："你瞧瞧，这是什么？我那一回把你的东西给人了？"

黛玉见他如此珍重，带在里面，可知是怕人拿去之意，因此又自悔莽撞，未见皂白，就剪了香袋，因此又愧又气，低头一言不发。宝玉道："你也不用剪，我知你是懒待给我东西。我连这荷包奉还，何如？"说着，掷向他怀中便走。

黛玉见如此，越发气起来，声咽气堵，又汪汪的滚下泪来，拿起荷包来又剪。宝玉见他如此，忙回身抢住，笑道："好妹妹，饶了他罢！"黛玉将剪子一撂，拭泪说道："你不用同我好一阵歹一阵的，要恼，就撂开手！这当了甚么呢？"说着，赌气上床，面向里倒下拭泪。禁不住宝玉上来"好妹妹长，好妹妹短"赔不是。……

③《块肉余生述》，兹录其第二章篇首一段文字，略见一斑——

予生小最前记忆者，则吾母秀发满头；又忆及壁各德面目臃肿，二肱及二颊至红酣，予恒指其颔以为苹果，进而吮之。又忆得母及壁各德分蹲于地，令余学步，左右趋投其身。而壁各德常伸一指令余攀之学步，余但觉其指粗极。诸如此类，皆模糊忆之，初不了了。且此等事与本旨无关，唯余生小固已具好奇之癖，每事恒留意，年长又健记，故能叙我已往之事，无有渗漏。适吾言可以忆及者，吾母及壁各德至稊勿忘，其次则吾家之意及天上之云。壁各德治庖于楼下，屋后有小园，中树一杆，置笼饲鸽，鸽乃尽去。墙角有狗圈，亦无狗，乃饲鸡鸭鹅之类，余见之辄畏，而鹅亦作势欺余；有雄鸡至巨，尤张翼作扑余状；鸭子长颈，见余即伸。余忆自厨次出门外，有甬道颇修。甬道之旁有小屋，屯杂物，其中积简与盆与已旧之茗壶，过时微触肥皂、咖啡、洋烛之臭。甬道上燃小灯，惨惨欲灭，过时颇震震。屋中有两厅，其一每夕母及壁各德与予常莅之地，家中人寡，而壁各德亦聚处如一家人，夜来必集此厅；尚有一厅微广，不如此厅之狭，生火易暖。广厅唯礼拜日时一御之。余颇畏此厅，壁各德告余，吾父盖受殓于此，故吾慑不敢往。……

【清】孙温　红楼梦大观园全景

【清】孙温　红楼梦　第一回　甄士隐梦幻识通灵　贾雨村风尘怀闺秀

第二十八章

清代戏曲

（上——传奇）

清传奇之演进与明不同，明传奇黄金时代在末叶，清则在初年，盖明、清之际，正传奇鼎盛时也。

清初传奇，以《桃花扇》[①]与《长生殿》[②]最为杰作。《桃花扇》孔尚任作，以明末时事为背景，叙侯方域与李香君故事，儿女柔情，家国兴亡，无不绘声绘影，曲尽其妙。《长生殿》洪昇作，与《桃花扇》齐名，号称"南洪北孔"。故事取材陈鸿《长恨歌传》，匪特文辞艳丽，且音律尤为完美。

此外如吴伟业《秣陵春》，叙徐适与黄展娘故事，寄概兴亡，沉郁感怆处，直似庾信《哀江南赋》；尤侗《钧天乐》，叙科场黑暗，为文士写悲郁之情，慷慨激昂，有铜琶铁板之风；李渔《风筝误》[③]，叙詹氏妍媸二女，因风筝题诗，各就姻缘事，其词俚俗滑稽，善写人情世故：亦并时妙选。李渔所作传奇凡十五种，又有《闲情偶寄》，论戏剧原理甚精，为清代唯一大剧论家。

清中叶以后传奇，则渐蹶而不振，名家之作，寥若晨星。如蒋士铨《桂林霜》，叙马雄镇及其家属死难广西事，作风雄肆悲壮；董榕《芝龛记》，谱明万历、天启、崇祯三朝史事，而以秦良玉、沈云英为纲，作风秾丽苍凉；黄宪清《帝女花》，谱长平公主事，取材吴伟业诗，作风哀感顽艳：尚称佳构。余则自桧以下，无足数矣。

〔注释〕

①《桃花扇》，兹录其《余韵》中一段文字，略见一斑——

（净）那时疾忙回首，一路伤心，编成一套北曲，名为《哀江南》。待我唱来！（敲板，唱弋阳腔介）俺樵夫呵！〔哀江南〕〔北新水令〕山松野草带花挑，猛抬头秣陵重到。残军留废垒，瘦马卧空壕。村郭萧条，城对着夕阳道。〔驻马听〕野火频烧，护墓长楸多半焦。山羊群跑，守陵阿监几时逃？鸽翎蝠粪满堂抛，枯枝败叶当阶罩。谁祭扫，牧儿打碎龙碑帽。〔沉醉东风〕横白玉八根柱倒，堕红泥半堵墙高，碎琉璃瓦片多，烂翡翠窗棂少，舞丹墀燕雀常朝，直入宫门一路蒿，住几个乞儿饿殍。〔折桂令〕问秦淮旧日窗寮？破纸迎风，坏槛当潮，目断魂消。当年粉黛，何处笙箫。罢灯船，端阳不闹；收酒旗，重九无聊。白鸟飘飘，绿水滔滔，嫩黄花有些蝶飞，新红叶无个人瞧。〔沽美酒〕你记得跨青溪半里桥，旧红板没一条，秋水长天人过少，冷清清的落照，剩一树柳弯腰。〔太平令〕行到那旧院门，何用轻敲，也不怕小犬哼哮。无非是枯井颓巢，不过些砖苔砌草。手种的花条柳梢，尽意儿采樵，这黑灰是谁家厨灶？〔离亭宴带歇指煞〕俺曾见金陵玉殿莺啼晓，秦淮水榭花开早，谁知道容易冰消！眼看他起朱楼，眼看他宴宾客，眼看他楼塌了。这青苔碧瓦堆，俺曾睡风流觉，将五十年兴亡看饱。那乌衣巷不姓王，莫愁湖鬼夜哭，凤凰台栖枭鸟。残山梦最真，旧境丢难掉，不信这舆图换稿。诌一套《哀江南》，放悲声，唱到老！

②《长生殿》，兹录第二十九龋《闻铃》中一段，以见一斑——

（生）呀，这铃声好不做美也！

〔武陵花〕淅淅零零，一片凄然心暗惊。遥听隔山隔树战，合风雨，高响低鸣。一点一滴又一声，一点一滴又一声，和愁人，血泪交相迸。对这伤情处，转自忆荒茔。白杨萧瑟雨纵横，此际孤魂凄冷。鬼火光寒，草间湿乱萤。只悔仓皇，负了卿！负了卿！我独在人间，委实的不顾生。语娉婷，相将早晚伴幽冥。一恸空山寂，铃声相应，阁道峻嶒，似我回肠恨怎平！

〔尾声〕迢迢前路愁难罄，招魂去国两关情，望不尽雨后云山万点青。

③《风筝误》，兹录第十一龋《鹞误》中一段文字，略见一斑——

……（净）小姐，你这等说起来，心上想着男子了。（丑）奶娘，怎么瞒得你，自古道男大当婚，女大当嫁，我今年齐头十八岁了。你不见东边的张小姐，小我一岁，前日做了亲；西边的李小姐，与我同年，昨日生了子。如今老爷缠去上任，不知那一年缠得回来，等得他回来许人家，我的脸皮熬得金黄色了！如今莫说见了书生的面孔、听了男子的声音，心上难过，就是闻见些方巾香、护领气，这浑身也像虼蚤叮的一般。（净笑介）小姐，你也忒然性急了！我如今和你商议，二小姐收着的，既有人来讨去，难道我们收着的，就没有人讨？待他来讨的时节，我替你做个媒人何如？

〔前腔〕见了那寻诗觅句郎，寻诗觅句郎，我把他引到蓝桥上。你两个先效于飞，后把朱陈讲。只是你怎么样谢媒，先要与你断过：媒钱几两？媒红几丈？这叫作后君子，先小人，也须明讲。……

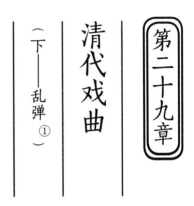

清代戏曲

（下——乱弹①）

第二十九章

乱弹之释名——乱弹者，花部剧之统名也。清乾隆时两淮盐商以花雅两部剧曲为祝釐之用。花部为二黄、秦腔、弋阳腔、梆子腔、罗罗腔，统谓之"乱弹"，以别于雅部之昆腔。

乱弹之流派——

据日人青木正儿氏之分类。表列如下：

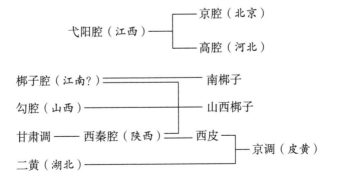

乱弹之剧作——

属于梆子腔者，有《打面》《别妻》《胭脂》《花鼓》之类。

属于秦腔者，有《背侄》《挑帘》《裁衣》《庆顶珠》之类。

属于二黄者，有《烤火》《小寡妇上坟》《卖饽饽》之类。

乱弹为民众欢迎之原因——盖以其文字既能谐俗，声音复较自由，故易为一般人所接受，而压倒规矩谨严、文字艰深之昆剧。

皮黄戏之鼎盛——皮黄即今之所谓京调[②]，盖西皮与二黄之合称，亦乱弹之一流派也。以其品介雅俗之间，能适合多人兴趣，故群皆嗜之弗替。咸丰间徽班名优程长庚出，对旧曲时加修正，皮黄戏之进步遂有一日千里之概。迨谭鑫培、龚云甫、杨月楼继起，遂造成清末皮黄戏之盛极一时。

话剧之输入——稍后于皮黄戏之鼎盛，话剧亦于逊清末叶输入中国，盖一则由于所谓"雅戏"之衰微，再则亦世界潮流之所趋也。其始演于沪上西人所办学校中，所操皆英法语，渐乃及于其他学校，取六君子、义和团之类时事编为新剧而试演于课堂焉。光绪三十一年，民立中学学生汪优游创文友会于上海。始有业余剧团之成立，嗣后沪学会、群学会起而效之，遂开沪上学生演剧之风焉。光绪三十三年春柳社成立于日本东京，演《茶花女遗事》，大为成功，沪上新戏浪潮，由斯弥盛。群组会社，续张声势，所演剧于启迪民智，开通风气为大有裨益，而革命思想亦颇赖其暗中鼓吹焉。举当时剧人之佼佼者，除汪优游外，如王钟声、欧阳予倩、李叔同、陆镜吾辈，均为不可多得之人杰。

〔注释〕

① 乱弹，兹录清钱德苍增辑《缀白裘》第十一集所收《挡马》一戏首段，略
　见一斑——

（副上）

〔急口令〕笑呵呵，笑呵呵，一心要做一个打喇哥。好不噜哝！闸马草，喂
骆驼，装袋烟儿，伏事这个，伏事那个。若有些儿不称意，鞭子打了无其数，
靴尖儿踢了几百多。仔细思量起，再也不做这打喇哥！

　　家住南朝数十秋，撇却爹娘两泪流。生在中华长胡地，柳叶镇上做酒头。
咱焦光普，只因那年杨家八虎闯幽州，大破唐二府，将俺失落此地，被萧太后
拿住，带到泥鳅殿上要将我斩首。那时我心生一计，就大笑三声，大哭三声。
娘娘问道："临斩的孩子，为何又笑又哭？"我说道："哭的是舍不得家中老母；
笑的是可惜我一双好手。"娘娘又道："好手要他什么？"我说道："好手，好手，
能造清香的美酒。"那时娘娘龙心大悦，赏了俺五十两银子，叫俺在这柳叶镇
上开一个酒店。天色已明，不免打开铺面。

〔披子〕听得笼鸡报过三声晓，惨昏昏天又明。家家户户开了店，个个人
家开了门，来来往往都是小弯子，并没有南朝一个。我将那招牌挂在门儿外，
字字行行写得清。上写着羊羔共美酒；下写着腊元共元红。相逢不饮空归去，
洞口桃花也笑人。怀艳琵琶拦门坐，等待南北往来人。……

② 京调，即今京剧。兹录《打渔杀家》首段，略见一斑——

（生叫头）开船啦！

〔西皮流水〕（旦）那一个渔人常在家，青山绿水难描画，父女们打渔作生涯。

〔西皮散板〕（生）父女们打渔在江下，家贫那怕人笑咱！桂英儿撑稳柁父
把网撒，喏！……（旦）慢些！（生）可叹我年纪衰迈气力不佳！

（旦）爹爹，河下生意不作也罢。

（生）哎呀，儿呀！为父本当不作河下买卖，怎奈家贫难以度日。

（旦）苦命的爹爹呀！

（生）儿啦，不必啼哭，看天气火热，你我父女将渔舟搭至柳林之下，也好凉爽凉爽。

（旦）遵命。

......

清代诗——

清初诗人，号称"江左三大家"：即钱谦益、吴梅村 [①]、龚鼎孳，均明末遗老入仕于清者。龚诗贡献殊小，可置不论。钱诗沉郁藻丽，颇见才华。有《有学》《初学》二集。吴诗藻思绮合，清丽绵芊，及阅历兴亡，风骨弥上。歌行一体，尤所擅长。有《梅村集》。二人虽同溷污泥，论其人格则钱不逮吴，盖吴晚年尚有悔过之诚心也。

嗣王渔洋 [②] 出，倡为神韵之说，海内翕然宗之。其说原本宋严沧浪妙悟说，其方法则仍归于修辞，故学之者不免流于空廓。而其诗则风情绵邈，尤擅七绝。有《带经堂集》等。

朱竹坨诗名少次于王，苍劲跌宕，亦颇可喜。有《曝书亭集》。

神韵说既昌，踵而反对之者亦不乏人：一、以袁枚为首之性灵说，其诗流利谐俗，近于白话，而失之轻佻。有《随园三十种》。二、以沈德潜为首之格调说，其诗取法汉唐，而不免有模仿之迹。有《竹啸轩诗钞》。三、以翁方纲[3]为首之肌理说，其诗出入江西派中，而过嫌典重。有《复初斋集》。

清代宋诗作者，清初以查慎行为大家，其诗出入苏轼、陆游间。清末以郑珍、金和辈为大家，亦均能极诗句散文化之能事。

至清末新诗运动，则黄公度、康有为、谭嗣同、梁启超辈，均主张以新想思新名词入旧诗，为旧诗一大改革。中以黄公度成就最大，有《人境庐诗集》。

清末杂派诗，以龚定庵[4]诗才气纵横，自成一家，最为青年爱读。余如王闿运选体诗，樊增祥艳体诗，均出宋诗范围，亦能自备一格。

清代词——

清代词盖宋词之缩影也。清初大词人有纳兰性德[5]，其词缠绵悱恻，得五代词神髓，有《饮水》《侧帽》二词。

而陈其年词，豪迈天成，有《湖海楼集》；朱竹坨词，刻画流丽，有《曝书亭词》；亦差足与纳兰相颉颃。

乾嘉以后词人，俱出入南宋名家中，而有浙派与常州派之别，浙派以厉鹗为中坚，常州派以张惠言、张琦为领袖。浙派以清新隽永为宗，常州派以疏快柔和为宗；浙派以协律为本，常州派以立意为本，此其大别也。

嗣起者为女词人吴藻[6]，其词婉丽精切，得《漱玉》遗风，有《香南雪北词》与《花帘词》。

词至清末而有龚定庵之奇艳，项莲生、蒋鹿潭之闲雅，其余则多趋于梦窗一途矣。

〔注释〕

① 吴梅村，名伟业。兹录《圆圆曲》略见其诗风格之一斑——

鼎湖当日弃人间，破敌收京下玉关。恸哭六军俱缟素，冲冠一怒为红颜。红颜流落非吾恋，逆贼天亡自荒宴。电扫黄巾定黑山，哭罢君亲再相见。相见初经田窦家，侯门歌舞出如花。许将戚里空侯伎，等取将军油壁车。

家本姑苏浣花里，圆圆小字娇罗绮。梦向夫差苑里游，宫娥拥入君王起。前身合是采莲人，门前一片横塘水。横塘双桨去如飞，何处豪家强载归？此际岂知非薄命，此时只有泪沾衣。

熏天意气连宫掖，明眸皓齿无人惜。夺归永巷闭良家，教就新声倾座客。座客飞觞红日莫，一曲哀弦向谁诉？白皙通侯最少年，拣取花枝屡回顾。早携娇鸟出樊笼，待得银河几时渡？恨杀军书抵死催，苦留后约将人误。相约恩深相见难，一朝蚁贼满长安。可怜思妇楼头柳，认作天边粉絮看。遍索绿珠围内第，强呼绛树出雕阑。若非壮士全师胜，争得蛾眉匹马还？

蛾眉马上传呼进，云鬟不整惊魂定。蜡烛迎来在战场，啼妆满面残红印。专征箫鼓向秦川，金牛道上车千乘。斜谷云深起画楼，散关月落开妆镜。传来消息满江乡，乌桕红经十度霜。教曲伎师怜尚在，浣纱女伴忆同行。旧巢共是衔泥燕，飞上枝头变凤凰。长向樽前悲老大，有人夫婿擅侯王。当时只受声名累，贵戚名豪争延致。一斛明珠万斛愁，关山漂泊腰肢细。错怨狂风飏落花，无边春色来天地。尝闻倾国与倾城，翻使周郎受重名。妻子岂应关大计，英雄无奈是多情。全家白骨成灰土，一代红妆照汗青。

君不见馆娃初起鸳鸯宿，越女如花看不足。香径尘生乌自啼，屧廊人去苔空绿。换羽移宫万里愁，珠歌翠舞古梁州。为君别唱吴宫曲，汉水东南日夜流。

② 王渔洋，名士禛。兹录其《再过露筋祠》诗，略见一斑——

翠羽明珰尚俨然，湖云祠树碧于烟。行人系缆月初堕，门外野风开白莲。

③ 翁方纲，兹录其《复初斋集》中《玉渊潭》诗，略见一斑——

步出长松门，犹听松涛响。路滑不容去，俯测潭深广。奇哉土渊宇，其气雄千丈。建瓴东北来，直泻势莽莽。到此一洄漩，小作圆折养。然后万珠玑，滚滚横摩荡。划翻水晶宫，神龙击蛟莽。精灵来会合，虚无出惝恍。谁识中粹温，玉烟浮盘盘。拈破鲲桓机，何如求象罔。

④ 龚定庵，名自珍。兹录其《己亥杂诗》一首，略见一斑——

浩荡离愁白日斜，吟鞭东指即天涯。落红不是无情物，化作春泥更护花。

⑤ 纳兰性德，录其《蝶恋花》一阕，略见一斑——

又到绿杨曾折处，不语垂鞭，踏遍清秋路。衰草连天无意绪，雁声远向萧关去。不恨天涯行役苦，只恨西风，吹梦成今古。明日客程还几许？霑衣况是新寒雨。

⑥ 吴藻，录其《如梦令》一阕，略见一斑——

燕子未随春去，飞到绣帘深处。软语话多时，莫是要和侬住？延伫延伫，含笑回他不许！

第三十一章

中国文学批评小史

中国文学批评，自古而有之。《虞书》"诗言志，歌永言"之语，固已启其端倪。及吴季札聘鲁而观周乐，听其音而知政俗之兴衰，系统之诗评以立。孔子论诗，谓可以兴、观、群、怨，论其旨则曰"思无邪"，亦能深中肯綮。

逮《骚》赋代兴，淮南诠《骚》，谓实兼国风小雅之长；扬雄论赋，有丽则丽淫之别：要亦文评之鳞爪也。

而评文之作，魏晋斯盛。曹丕《论文》，特标"文气"；陆机《文赋》，崇举"文心"：所见虽殊而右文则一。独挚虞《文章流别》，影响殊大。昭明《文选》，揭橥"时义"，刘勰《文心雕龙》[①]，发挥文德。虽立论有区，其规模则《流别》旧路也。

若夹沈约四声八病之说起，而诗之声律渐定；钟嵘之《诗品》作，倡言风力，而诗之气骨转高，亦皆有功于翰宛，未可轩轾也。

至若梁、陈侧艳之风，唐初犹然，子昂矫之，始渐为人薄。而杜甫论诗，则出以博大胸怀，主古今并蓄。逮及韩愈与白居易，遂专重复古。一取聱涩，得古文神貌；一取平易，得风人之旨：皆于文学改革有所助益。

洎夫晚唐，孟棨《本事诗》，属意"才调"；司空图《诗品》，寄心言外：亦颇影响于后来。

宋初西昆家以"寓意深妙，清峭感怆"为诗极则，其后江西派亦创为清新奇崛之格以与对立，诗境遂拘而不展矣。严羽《沧浪诗话》，以"妙悟"为主，而病于凿空；方回《瀛奎律髓》，标举"高格"，亦伤于琐碎：均有所偏而未得其全。

金、元之际，时当乱离，元遗山选《唐诗鼓吹》，提倡遒健宏敞之作风，以救南人猗靡之失，于振兴文运，尚著微勤。

迨及明初，海内始定，点缀盛世，仰承唐风。《沧浪》妙悟之说，复见于高棅《唐诗品汇》。李东阳益以"声音格调"，以为妙悟之入门。而李梦阳、李攀龙辈所谓前后七子者，则壹归之于"才"，以与高、李辈相颉颃。后之反对七子者，于文则有唐顺之本色论，于诗则有竟陵派"幽情单绪"说：所见虽偏而要亦有会于心者也。

清初于文则有金圣叹取《西厢》《水浒》以与《庄》《骚》同列，为识见超迈，卓尔不群；虽其后桐城方苞之所谓文章义法，无以过之。于诗则持论者甚夥。钱谦益以排比铺陈为宗奉，而诗格以淳。王船山以兴、观、群、怨为着眼，而诗之堂庑始大。王渔洋本诸严羽而倡为神韵之说，惜不免失之空疏。袁随园拈出性灵以救迂阔，则亦病其儇薄。唯笠翁论剧曲③，直欲通赋家之心，为发人所未发。逮清末黄公度、梁启超辈始以"我手写我口"之态度为诗，发扬蹈厉，遂开"五四"

文学革命运动之先声焉。

①《文心雕龙》，兹举其《征圣》一篇，略见一斑——

夫作者曰圣，述者曰明。陶铸性情，功在上哲。夫子文章，可得而闻；则圣人之情，见乎文辞矣。先王圣化，布在方册；夫子风采，溢于格言。是以远称唐世，则焕乎为盛；近褒周代，则郁哉可从。此政化贵文之征也。郑伯入陈，以文辞为功；宋置折俎，以多文举礼。此事迹贵文之征也。褒美子产，则云："言以足志，文以足言。"泛论君子，则云："情欲信，辞欲巧。"此修身贵文之征也。然则志足而言文，情信而辞巧，乃含章之玉牒，秉文之金科矣。

夫鉴周日月，妙极机神，文成规矩；思合符契。或简言以达旨，或博文以该情，或明理以立体，或隐义以藏用。故《春秋》一字以褒贬，"丧服"举轻以包重：此简言以达旨也。《邠诗》联章以积句，《儒行》缛说以繁辞：此博文以该情也。书契断决以象《夬》，文章昭晰以象《离》：此明理以立体也。"四象"精义以曲隐，"五例"微辞以婉晦：此隐义以藏用也。故知繁略殊形，隐显异术；抑引随时，变通会适。征之周、孔，则文有师矣。

是以子政论文，必征于圣；稚圭劝学，必宗于经。《易》称："辨物正言，断辞则备。"《书》云："辞尚体要，弗惟好异。"故知：正言所以立辨，体要所以成辞；辞成无好异之尤，辨立有断辞之义。虽精义曲隐，无伤其正言；微辞婉晦，不害其体要。体要与微辞偕通，正言共精义并用；圣人之立文章，亦可见也。颜阖以为："仲尼饰羽而画，徒事华辞。"虽欲訾圣，弗可得已。然则圣文之雅丽，固含华而佩实者也。天道难闻，犹或钻仰；文章可见，胡宁勿思？若征圣立言，则文其庶矣。

赞曰：妙极生知，睿哲惟宰。精理为文，秀气成采。鉴悬日月，辞富山海。百龄影徂，千载心在。

② 钟嵘《诗品》，兹录其论"魏陈思王植"一段，略见一斑——

其源出于《国风》，骨气奇高，词采华茂，情兼雅怨，体被文质，粲溢古今，卓尔不群。嗟乎！陈思之于文章也，譬人伦之有周孔，鳞羽之有龙凤，音乐之有琴笙，女工之有黼黻。俾尔怀铅吮墨，抱篇章而景慕，映余晖以自烛。故孔氏之门，如用诗则公幹升堂，思王入室，景阳、潘、陆，自可坐于廊庑之间矣。

③ 笠翁论剧曲，兹录《闲情偶记·词曲部上·立主脑》一段，略见一斑——

古人作文一篇，定有一篇之主脑，主脑非他，即作者立言之本意也。传奇亦然。一本戏中有无数人名，究竟俱属陪宾，原其初心，止对一人而设：即此一人之身，自始至终，离合悲欢，中具无限情由，无穷关目，究竟俱属衍文，原其初心，又止为一事而设，此一人一事，即作传奇之主脑也。然必此一人一事果然奇特，实在可传而后传之，则不愧传奇之目，而其人其事与作者姓名皆千古矣。如一部《琵琶》止为蔡伯喈一人，而蔡伯喈一人又止对"重婚牛府"一事，其余枝节皆从此一事而生，二亲之遭凶，五娘之尽孝，拐儿之骗财匿书，张大公之疏财仗义皆由于此。是"重婚牛府"四字，即作《琵琶记》之主脑也；一部《西厢》止为张君瑞一人，而张君瑞一人又止为"白马解围"一事，其余枝节皆从此一事而生，夫人之许婚，张生之望配，红娘之勇于作合，莺莺之敢于失身，与郑恒之力争原配而不得皆由于此。是"白马解围"四字，即作《西厢记》之主脑也。（王左车云：金针度人，婆心尔尔。）余剧皆然，不能悉指。后人作传奇，但知为一人而作，不知为一事而作，尽此一人所行之事，逐节铺陈，有如散金碎玉，以作零出则可，谓之全本，则为断线之珠，无梁之屋，作者茫然无绪，观者寂然无声，无怪乎有识梨园望之而却走也。此语未经提破，故犯者孔多，而今而后，吾知鲜矣。

附录：《帝统歌》释

【唐】阎立本　历代帝王图（局部）

《帝统歌》（全文）

（古皇）

盘古，天、地、人三皇
有巢、燧人制作彰

（五帝）

伏羲、神农及黄帝
继以尧、舜称五帝

（夏）

禹、启、太康、仲康立
帝相、少康、杼、槐继
芒、泄、不降、扃、廑传
孔甲、皋、发、履癸毕

（商）

成汤、太甲及沃丁
太庚、小甲、雍己承
太戊、仲丁、外壬嗣
河亶、祖乙、祖辛绳

沃甲、祖丁、南庚立
阳甲、盘庚及小辛
小乙、武丁、祖庚建
祖甲、廪辛次庚丁
武乙、太丁、帝乙、纣
二十八帝商祀终

（周）

文、武、成、康称盛世
昭、穆、共、懿、孝、夷、厉
宣王中兴幽王废
平王东迁桓王坠
庄、釐、惠、襄、顷、匡、定
简、灵、景、悼、敬、元继
贞定、哀、思、考、威烈
安、烈、显、慎靓王
赧至东周君始绝

（春秋）

春秋诸侯首齐、鲁

此外尚有晋、秦、楚

宋、卫、陈、蔡、曹、郑、燕

吴、越、滕、许、杞、薛、莒

（战国）

战国七雄首秦、楚

燕、魏、赵、韩、齐为伍

（秦）

秦之兴也维庄襄

始皇并吞二世亡

（汉）

高、惠、文、景、武、昭、宣

元、成、哀、平短祚年

孺子婴遭新莽篡

淮阳二年毕西汉

光武中兴明、章传

和、殇、安、顺、冲、质延

桓、灵至献东汉完

（三国）

三国纷争魏、蜀、吴

曹丕篡汉魏嗣续

（魏）

文帝、明帝、齐王芳

高贵乡公、陈留王

（晋）

西晋武、惠、怀、愍帝

东晋元、明、成、康继

穆、哀、废帝、简文帝

孝武、安、恭十五帝

（南北朝）（南朝）

（宋）

宋武、少、文、孝武帝

明帝、苍梧、顺不嗣

（齐）

齐高、武、明、东昏侯

和帝五主齐祚穷

（梁）

梁武、简文、元、敬帝

后梁宣、明、后主废

（陈）

陈武、文帝、临海、宣

世系终于后主年

（北朝）（北魏、东魏、西魏）

北魏开国晋孝武
十二帝王终梁武
东魏孝静北齐继
西文、废、恭北周立

（北齐、北周）

北齐始梁终于陈
北周附陈隋乃绝

（五胡十六国）

其间五胡十六国
匈奴、鲜卑、氐、羌、羯
二赵、四燕并五凉
大夏、成汉及三秦

（隋）

隋文得统畀炀帝
恭帝莫继禅唐帝

（唐）

唐帝创业太宗莅
高宗易位则天帝
中宗、睿宗复玄宗
乱后肃、代、德、顺继

宪、穆、敬、文、武、宣、懿
僖、昭、昭宣廿一帝

（五代十国）（五代）

（后梁）

后梁太祖与末帝

（后唐）

后唐庄、明、闵、潞废

（后晋）

后晋高祖、出乃毕

（后汉）

后汉高祖续隐帝

（后周）

后周太祖传世宗
恭帝既废五代终

（十国）

五代十国吴、前蜀
南汉、吴越、闽及楚
南平、南唐与后蜀
宋灭北汉十国除

（宋）

太祖、太宗、真、仁、英
神、哲以后徽、钦行
南渡高、孝传光、宁
理、度、恭、端、帝昺倾

（西夏）

西夏开国自唐僖
宋仁称帝灭宋理
景宗、毅宗复惠、崇
仁、桓、襄、神、献、睍玘

（辽）

太祖建极后梁末
太宗之下世、穆促
景、圣、兴宗、道宗继
天祚国除西辽续

（金）

太祖灭辽太宗治

北宋沦亡熙宗立
废帝、世、章、卫绍王
宣宗、哀宗及末帝

（元）

太祖、太宗、定、宪继
世祖定鼎四海一
成、武、仁、英、泰定、幼
文宗、顺宗历九帝

（明）

太祖创业惠帝延
成祖靖难付仁、宣
英、景、英、宪、孝、武、世
穆、神、光、熹、思墜斿

（清）

太祖崛起太宗嗣
世祖定鼎圣祖继
世、高、仁、宣暨文、穆
德宗废黜末帝墜

《帝统歌》释
——中国历史初阶

（古皇）

盘古，天、地、人三皇	天地混沌如鸡子，盘古生其中，开天辟地。 天皇兄弟十三人，各万八千岁。 地皇兄弟十三人，各万八千岁。爰定三辰，以别日月。 人皇兄弟九人，合四万五千六百岁。分天下九，各御一区。
有巢、燧人制作彰	古民穴居，患禽兽，帝构木为巢，令民居之，以避其害。 古茹毛饮血，未知烹饪，燧人教民钻木取火，以为烹。

（五帝）

伏羲、	初作网罟，教民佃渔；画卦结绳，以理天下。女娲佐之，制嫁娶之礼。

<table>
<tr>
<td>神农及黄帝</td>
<td>

初作耒耜，教民稼穑；以日中为市，使民交易而退，各得其所。又尝百草，作医药以利民。

（前 2698—前 2597）姬姓，名轩辕，初作衣裳，制冠冕。战蚩尤而胜之。黄帝之后，有少昊（前 2596—前 2515）、颛顼（前 2514—前 2437）、帝喾（前 2436—前 2367）、帝挚（前 2366—前 2358）四世。

</td>
</tr>
<tr>
<td>继以尧、舜称五帝</td>
<td>

（前 2357—前 2256）姓伊耆，名放勋，帝喾子，在位百年，禅舜。

（前 2255—前 2207）姚姓，名重华，颛顼五世孙，在位四十八年，禅禹。

（前 2206）禹避舜之子，未即位。

</td>
</tr>
</table>

（夏）

<table>
<tr>
<td>禹、启、太康、仲康立</td>
<td>

（前 2205—前 2198）姒姓，颛顼孙，伯鲧子，在位七年。舜时治水，九年功成，受舜禅。元年颁夏时，会诸侯。

（前 2197—前 2189）禹之子，在位八年，元年诸侯奉启嗣位，为中国家天下之始。二年益归政。三年灭有扈氏。

（前 2188—前 2160）启子，在位二十八年。有穷后羿专政。太康荒于猎，后羿距之于河，弗许归。立仲康。

（前 2159—前 2147）太康弟，在位十二年。二年命先侯征羲和，羲和乱于酒，亦羿党也。

</td>
</tr>
</table>

帝相、少康、杼、槐继	（前2146—前2119）仲康子，在位二十七年。迁都商丘，羿逐王。寒浞杀羿，篡位。后缗方娠，奔有仍，生少康。寒浞使其子浇弑羿（前2119），夏祀中绝（前2119—前2078），凡四十年。 （前2079—前2058）相子，生于前2118年，至前2079年，靡灭寒浞，立少康，夏乃中兴。在位二十一年。 （前2057—前2041）少康子，在位十六年。 （前2040—前2015）杼子，在位二十五年。
芒、泄、不降、扃、廑传	（前2014—前1997）槐子，在位十七年。 （前1996—前1981）芒子，在位十五年。 （前1980—前1922）泄子，在位五十八年。 （前1921—前1901）泄子，在位二十年。 （前1900—前1880）扃子，在位二十年。
孔甲、皋、发、履癸毕	（前1879—前1849）不降子，在位三十年。好鬼神，使刘累豢龙，龙一雌死，孔甲欲诛之，刘累惧而迁鲁。废豕韦氏。 （前1848—前1838）孔甲子，在位十年。豕韦氏复国。 （前1837—前1819）皋子，在位十八年。诸侯宾于王门。 （前1818—前1767）发子，名桀，在位五十一年。力能申铁索钩。三十三年伐蒙山有施氏，得妹喜，为酒池肉林以供妹喜之乐。五十二年杀谏臣关龙逢。汤遂伐桀，放于南巢而死。夏亡。凡十七帝，共四百四十年。

（商）

成汤、太甲及沃丁	（前 1766—前 1754）子姓，名履，一曰天乙，契之后。即位于前 1783 年，次年遇伊尹。代夏后在位十二年。前 1766 年为夏桀五十三年，夏亡。汤即位于亳，国号商。前 1765 年大旱，前 1760 年祷雨于桑林。
	（前 1753—前 1721）汤孙，在位三十二年。元年，伊尹放太甲于桐，三年奉王归于亳，复政于王。
	（前 1720—前 1692）太甲之子，在位二十八年。八年伊尹薨，咎单相。

太庚、小甲、雍己承	（前 1691—前 1667）沃丁弟，在位二十四年。
	（前 1666—前 1650）太康子，在位十六年。
	（前 1649—前 1638）小甲弟，在位十一年。商衰。

太戊、仲丁、外壬嗣	（前 1637—前 1563）雍己弟，在位七十四年。元年命伊陟臣扈。六十一年九夷来宾。
	（前 1562—前 1550）太戊子，在位十二年。六年自亳迁于嚣。
	（前 1549—前 1535）仲丁弟，在位十四年。

河亶、祖乙、祖辛绳	（前1534—前1526）外壬弟，名河亶甲，在位八年。元年自嚣迁于相。 （前1525—前1507）河亶甲子，在位十八年。元年自相迁于耿。九年自耿迁于邢。 （前1506—前1491）祖乙子，在位十五年。
沃甲、祖丁、南庚立	（前1490—前1466）祖辛弟，在位二十四年。 （前1465—前1434）祖辛子，在位三十一年。 （前1433—前1409）沃甲子，在位二十四年。
阳甲、盘庚及小辛	（前1408—前1374）祖丁子，在位七年。诸侯不朝。 （前1401—前1374）阳甲弟，在位二十七年。初河屡决，都亦屡迁。至是又决，乃作诰谕民，复都亳。改国号曰殷，商复兴。 （前1373—前1353）盘庚弟，在位二十年。商复衰。
小乙、武丁、	（前1352—前1325）小辛弟，在位二十七年。二十六年（前1323）古公亶父迁于岐，定国号曰周。 （前1324—前1266）小乙子，在位五十八年。元年命甘盘为相。三年得傅说为相。三十四年克鬼方。氐羌来宾。商复兴。

| 祖庚建 | （前1265—前1259）武丁子，在位六年。 |

| 祖甲、廪辛次庚丁 | （前1258—前1226）祖庚弟，在位三十二年。二十八年（前1221）周古公亶父薨，子季历嗣。
（前1225—前1220）祖甲子，在位五年。
（前1219—前1199）廪辛弟，在位二十年。 |

| 武乙、太丁、帝乙、纣 | （前1198—前1195）庚丁子，在位三年。二年（前1197）迁都河北。为木偶人，号曰天神，令人与搏，不胜，戮之。复为革囊盛血，仰射之，曰射天。猎于渭，雷震死。
（前1194—前1192）武乙子，在位二年。
（前1191—前1155）太丁子，在位三十六年。元年命周公季历为侯伯，七年季历薨，子昌（文王）嗣为西伯。
（前1154—前1122）名受辛，帝乙子，在位三十二年，武王灭之。纣伐有苏，获妲己，宠焉。囚西伯于羑里，后释之，使得专征伐。 |

| 二〇八帝商祀终 | 西伯得吕尚于渭阳，遂伐密须，伐崇，自岐迁都丰。二〇（前1135）西伯昌薨，子发嗣，是为周武王。前1135年为周武王元年。前1124年西伯发戡黎。纣三十二年（前1123）杀少师比干，囚箕子，微子去国。明年（前1122）武王伐纣，商亡。凡二十八帝，共六百四十四年。 |

（周）

<table>
<tr><td>文、武、成、康称盛世</td><td>

（前 1122—前 1116）姬姓，名发，嗣文王为西伯，遂革殷命。前 1122 年为商纣三十三年，王兴师伐纣，纣前徒倒戈，纣遂自焚死。商亡。王在位凡十九年。十四年肃慎氏来贡。迁都镐京。十六年箕子来朝。

（前 1115—前 1079）名诵，武王子，在位三十六年。周公旦辅政，制礼乐。营东都洛邑。二十五年大会诸侯于东都。

（前 1078—前 1053）名钊，成王子，在位二十五年。元年遍告诸侯，朝于丰宫。二十六年召公奭卒。
</td></tr>
<tr><td>昭、穆、共、懿、孝、夷、厉</td><td>

（前 1052—前 1002）名瑕，康王子，在位五十年。王德稍微，周渐衰。五十一年王南巡，崩于汉。

（前 1001—前 947）名满，昭王子，在位五十四年。元年筑祇宫于南郑。十七年征徐戎。三十五年征犬戎。五〇年作《吕刑》。

（前 946—前 935）名繄扈，穆王子，在位十一年。三年灭密。

（前 934—前 910）名囏，共王子，在位二十四年。元年迁都槐里。

（前 909—前 895）名辟方，共王弟，在位十四年。元年命申侯伐西戎。十三年，封非子于秦，使续伯益后。

（前 894—前 879）名燮，懿王子，在位十五年。觐礼不明，王始下堂见诸侯。

（前 878—前 842）名胡，夷王子，在位三十六年。荣夷公好利，王任之。国人谤王。后民群起攻王，王奔彘。

前 841—前 828 年，周、召二公（一说共伯和）行政，号曰共和。前 828 年王崩于彘。
</td></tr>
</table>

<table>
<tr><td>宣王中兴</td><td>（前 827—前 782）名静，厉王子，在位四十五年。周公、召公相与辅王，诸侯复宗周。元年命秦仲征西戎，遣尹吉甫伐猃狁。二年命方叔征荆蛮、召虎平淮夷，王亲伐徐戎。十二年，王不修籍于千亩，虢文公谏。三十九年战于千亩，王师败绩。乃料民于太原，仲山甫谏。</td></tr>
<tr><td>幽王废</td><td>（前 781—前 771）名宫涅，宣王子，在位十年。三年王纳褒姒。五年废申后及台子宜臼，立褒姒为后。宜臼奔申。王欲褒姒笑，数为举烽火。其后申侯与犬戎入寇，王举烽，诸侯不至，犬戎遂杀王。诸侯迎立宜臼，是为平王。</td></tr>
</table>

<table>
<tr><td>平王东迁</td><td>（前 770—前 720）名宜臼，幽王子，在位五十年。元年迁都洛邑，东周始。
十八年（前 753）秦文公大败戎师，收岐西地。四十九年（前 722）鲁隐公元年，春秋编年自此始。</td></tr>
<tr><td>桓王坠</td><td>（前 719—前 697）名林，平王之孙，在位二十二年。元年，卫州吁弑其君。五年，宋公、卫侯、齐侯盟于瓦屋，为诸侯参盟之始。八年，鲁公子翚弑其君隐公。十三年，王伐郑，郑人射中王肩。十六年，楚熊通僭号称干。</td></tr>
</table>

<table>
<tr><td>庄、</td><td>（前 696—前 682）名佗，桓王子，在位十四年。十二年（前 685）齐桓公立，以管仲为相。楚始都郢。</td></tr>
<tr><td>釐、</td><td>（前 681—前 677）名胡齐，庄王子，在位四年。三年（前 679），齐会诸侯于甄，霸业成。</td></tr>
<tr><td>惠、</td><td>（前 676—前 652）名阆，釐王子，在位二十四年。王子颓作乱，郑、虢共平之。</td></tr>
</table>

襄、	（前651—前619）名郑，惠王子，在位三十二年。齐桓、宋襄、晋文、秦穆相继霸诸侯。齐桓公卒，五子争立。
顷、	（前618—前613）名壬臣，襄王子，在位五年。六年，楚庄王立。
匡、	（前612—前607）名班，顷王子，在位五年。六年，晋赵盾弑其君灵公。
定	（前606—前586）名瑜，匡王弟，在位二十年。元年，楚庄王伐陆浑之戎，观兵周疆。十年，楚败晋师于邲。

简、	（前585—前572）名夷，定王子，在位十三年。元年，吴子寿梦来朝。十一年，晋战楚、郑之师于鄢陵，破之。
灵、	（前571—前545）名泄心，简王子，在位二十六年。十年，晋悼公复霸业。十八年，子产为郑大夫。二十一年（前551）孔子生。
景、	（前544—前520）名贵，灵王子，在位二十四年。吴季札聘使列国。二十三年，楚杀伍奢、伍尚，伍员奔吴。二十五年，王子朝作乱。
悼、	（前520）名猛，景王长子，甫立，为子朝（景王长庶子）所攻杀。晋攻子朝，立匄，是为敬王。
敬、	（前519—前476）名匄，景王子，在位四十三年。二〇年孔子为鲁司寇。三十三年宋灭曹。三十九年（前481）鲁西狩获麟，春秋绝笔。四十一年（前479）孔子卒。次年，楚灭陈。
元继	（前475—前469）名仁，敬王子，在位六年。元年，越围吴。三年，越灭吴。

贞定、哀、思、考、威烈	（前468—前441）名介，元王子，在位二十七年。十六年（前453）赵、韩、魏三家灭智伯而分其地，是为三晋。二十二年，楚灭蔡。二十四年，楚灭杞。
	（前441）贞定王崩，子去疾立，是为哀王。
	（前441）哀王甫立，弟叔弑之而自立，是为思王。弟嵬复弑思王自立，是为考王。
	（前440—前426）名嵬，贞定王子，在位十四年。晋侯朝于韩、魏、赵三氏。楚灭莒。
	（前425—前402）名午，考王子，在位二十三年。元年，赵襄子、韩康子、魏桓子俱卒。十四年，晋魏斯用李悝，始行平籴法。十八年，晋魏斯取中山。二十三年（前403），王命晋大夫魏斯、赵籍、韩虔为诸侯。战国时代开始。

安、烈、显遗慎靓王	（前401—前376）名骄，威烈王子，在位二十五年。十五年，魏文侯卒。吴起奔楚为相。二十六年，三晋废其君靖而分其地，晋亡。
	（前375—前369）名喜，安王子，在位六年。元年，韩灭郑。四年（前372），孟子生。
	（前368—前321）名扁，烈王弟，在位四十七年。七年，秦孝公立。三十一年，秦孝公薨，子惠文王立。三十六年（前333）燕、赵、韩、魏、齐、楚合从以摈秦，苏秦为从约长。次年，苏秦去赵，从约解。四十四年，秦始称王。
	（前320—前315）名定，显王子，在位五年。三年，楚、赵、韩、魏、燕五国伐秦，败绩。四年，齐杀苏秦。张仪复相秦。五年，秦取蜀。

（前 314—前 256）名延，慎靓王子，在位五十八年。四年，张仪倡连衡之说。十六年，秦执楚怀王，屈原自沉汨罗，怀王客死于秦。四十九年，范雎相秦。五十五年，秦白起坑赵降卒四十万。五十九年，秦入寇，王献地。

（前 255—前 249）名傑，考王后嗣，在位六年。元年，秦迁西周公于惮狐之聚。六年，秦孝文王即位，三日薨，庄襄王立。七年，秦以吕不韦为相，灭东周，迁东周君于阳人之聚，周遂不祀。统计西、东周凡三十七王，八百七十四年。其间前248—前 247 两年，中国无统一之君。

（春秋）

周武王封太公于齐、都营邱（今山东省临淄县）。其后桓公用管仲为相，九合诸侯，一匡天下，遂为霸主。桓公薨，五子争立，国势浸衰。

周武王封弟周公旦于此。成王时，周公留相天子，乃封元子伯禽为鲁侯，都曲阜。传至顷公，为楚考列王所灭（前 249）。

周成王封弟叔虞于唐（今山西太原县北），称唐侯。传至子燮父，徙居晋（今太原县），称晋侯。疆土日广。威烈王时，为大夫韩、赵、魏三家所分，晋室遂亡（前 403—前 376）。

秦、	周孝王十三年（前897），封伯益之后非子于秦（今甘肃天水故秦城），传至庄公，徙居大丘（陕西兴平东南槐里城）。
楚	周成王封熊绎于楚，都丹阳（今湖北秭归县东）。春秋时熊通称王（前704）。至庄王观兵周疆，遂称霸主。

宋、	商丘本商帝乙子启之封地，周武王灭商，封纣子武庚于此。成王时武庚叛，被诛，仍以其地封启（微子），爵为宋公，以奉汤祀。战国时传至偃（宋康王），称王图霸，为齐、魏、楚三国所灭（前286）。
卫、	周武王少弟康叔，初封康，后封卫，都朝歌（今河南淇县东北）。文公徙楚丘（今河南滑县东），成公又徙帝丘（今河北濮阳县西北）。秦二世时灭。
陈、	周武王求虞舜之后，得妫满，封之于陈，是为胡公（今河南省开封县以东，至安徽省亳县以北皆其地），都宛丘（今河南省淮阳县）。后灭于楚惠王（前478）。
蔡、	周武王封弟叔度于蔡，为上蔡（今河南上蔡县西南）。传至灵侯，为楚所夺。楚平王立蔡景侯少子庐为平侯，传至昭侯。复因避楚，徙下蔡（今安徽省凤台县）。后卒为楚所灭（前447）。
曹、	周武王封弟振铎于曹，称曹叔振铎，约有今山东省曹、定陶诸县地。都陶丘（今定陶县西北）。后灭于宋（前487）
郑、	周宣王封弟友于郑（今陕西华县西北）。平王东迁，郑徙于济西、洛东、河南、颍北四水之间，是为新郑（今河南新郑县）。春秋时仍为郑国。战国时为韩所灭（前375）。
燕	周武王伐纣，封弟召公奭于燕，是为北燕（今河北省大兴县）。春秋时传至献公，渐强。

吴、	周初、泰伯居吴（今江苏省无锡县梅里），传至寿梦，称王，国始大，奄有今淮、泗以南至浙江省嘉、湖之境。传至夫差，为越所灭（前473）。
越、	夏少康封其庶子于越（有今浙江省杭县以南，东至于海之地），治会稽（今绍兴县）。勾践灭吴，徙都琅琊（今山东省诸城县东南）。后灭于楚（前334）。
滕、	周文王子叔绣封于滕，故城在今山东滕县西南。后灭于齐（见《汉书·地理志》），或曰宋（见《通鉴·通考》）。
许、	周武王封四岳之裔文叔于许（今河南省许昌县、字或作鄦），春秋时为郑所逼，历迁叶县、城父、白羽至容城。战国初为楚所灭。
杞、	周武王克商，求夏禹后，得东楼公，封之于杞，以奉禹祀。都雍丘，即今河南省杞县治。后为楚所灭（前445）。
薛、	周时封黄帝之后奚仲于薛，今山东滕县东南有薛城，是其故地。后奚仲迁邳，薛为仲虺所居，战国时其地入于齐，齐封田婴于此。
莒	周武王封少昊之后于莒，故城即今山东省莒县，春秋时灭于楚（前431）。

（战国）

| 战国七雄首秦、 | 孝公定都咸阳（今咸阳东），国势日强，奄有今长安县以西之地，其后惠文君称王，至始皇乃统一中国。 |
| 楚 | 楚于春秋时先后灭陈、蔡、杞、莒而浸大，至战国时复灭越，有今湘、鄂、皖、江、浙诸省地。后怀王见欺于张仪，入秦不返，始衰落，终为秦所灭（始皇二十四年，前223）。 |

燕、魏、赵、韩、齐为伍	文公时疆土浸广，有今河北、辽宁两省及朝鲜北部地，改称王，于是其子乃为易王。传至王喜，太子丹遣荆轲刺秦王失败，终为秦所灭（前222）。
	晋献公十六年，封毕万于魏（今山西芮城县东北），为晋大夫。后三家分晋，都安邑（今山西夏县西北）。后徙都大梁。始皇二十二年（前225）灭于秦。
	周穆王封造父于赵城（今山西省赵城县），世为晋大夫。三家分晋后，都晋阳（今山西太原县北）。其后赵杀大将李牧，秦王翦遂灭赵（前228）。
	春秋时，晋封韩武子于韩原（今陕西韩城县南），分晋后都平阳（今山西临汾县治）。传至景侯，徙阳翟，又徙新郑。始皇十一年（前230）灭于秦。
	春秋时田常弑齐简公，遂专国政。曾孙田和乃篡齐而有其国。至威王国浸强（有今山东省益都县以西地，及河北省景、沧诸县，东南至海）。其后湣王以不用孟尝君，国遂日衰。至王建四十四年（始皇二十六年，即前221），终为秦所灭，全国遂统一于秦矣。

（秦）

| 秦之兴也维庄襄 | 庄襄王名子楚，为质于赵，见阳翟大贾吕不韦姬，悦而取之，生始皇。庄襄王立四年卒。在位期间，颇布惠于民。又使蒙骜攻韩、赵、魏削其地，为始皇统一中国奠定基础。 |

（前246—前210）姓嬴，名政，庄襄王子，在位三十六年。即位后，先后灭韩、赵、魏、楚、燕、齐，遂统一中国（前221）。乃定尊号曰始皇帝。更南取南越，北筑长城以防匈奴，烧诗书百家语，坑儒生咸阳，筑阿房宫，遣方士入海求仙，以至民怨沸腾。始皇东巡返，崩于沙丘，陈胜、吴广遂揭竿而起矣。

（前209—前207）名胡亥，始皇之子，在位二年。元年，陈胜、吴广起兵，刘邦、项梁等应之。二年，陈胜、吴广败死。李斯诛，赵高为丞相。项梁卒，项羽代。三年，项羽大败秦军。沛公入武关。赵高弑帝，立子婴为王。汉高帝元年，秦王子婴降，秦亡。历三世三主，四十一年（如自始皇统一全国之年起算，仅十五年耳）。

（汉）

（前206—前195）姓刘，名邦，以秦泗上亭长起兵定秦。后与项羽争雄，卒灭项羽。五年（前202）登帝位。前后在位共十二年。高帝在位期间，吕后用事，杀功臣韩信、彭越。淮南王英布反，杀英布。与匈奴和亲。

（前195—前188）名盈，高帝子，在位七年。四年，除挟书律。七年帝崩，恭帝立（前187）。吕后临朝称制。四年（前184），废恭帝，立临山王义为帝，不改元。八年（前180），吕后崩。

（前180—前157）名恒，高帝子，在位二十三年。吕后崩，大臣诛诸吕，迎立代王恒，是为文帝。文帝在位时，仁慈恭俭，以德化民，海内丰殷，天下大治。除肉刑。亲策贤良能极言直谏者。

景、武、昭、宣	（前157—前141）名启，文帝子，在位十六年。元年，减笞法。二年，晁错为御史大夫，请削诸侯封地，吴楚七国反，帝诛错，不止，周亚夫讨平之。
	（前141—前87）名彻，景帝子，在位五十四年。始立年号，在位时有建元、元光等十一年号，后世因之。帝武功特著，遣张骞通西域，遣卫青、霍去病破匈奴，并平南越，击昆明，伐大宛，中国称强。惜好神仙，为方士所愚。
	（前87—前74）名弗陵，武帝子，在位十三年。始元元年，霍光摄政。元凤元年，燕王旦反伏诛。元平元年，帝崩，霍光迎立昌邑王，寻废之，立武帝曾孙病已。
	（前74—前49）名病已，更名询，武帝曾孙，在位二十五年。地节四年，霍氏谋反，伏诛。五凤元年，匈奴五单于争立。明年，匈奴呼韩邪、郅支两单于各遣子入侍。呼韩邪单于又先后两度来朝。

元、成、哀、平短祚年	（前49—前33）名奭，宣帝子，在位十六年。建昭三年，陈汤等袭杀郅支单于。竟宁元年，遣嫁宫人王嫱于呼韩邪单于。帝崩。
	（前33—前7）名骜，元帝子，在位二十六年。河平二年，封诸舅王氏五人为列侯，王莽始用事。绥和元年，王莽为大司马。
	（前7—前1）名欣，元帝庶孙，在位六年。罢王莽，丁傅用事。元寿二年，帝崩，太皇太后王氏以王莽为大司马领尚书事。
	（前1—6）初名箕子，即位后更名衎，哀帝子，在位七年。即位后王莽自为太傅，号安汉公，寻自加号曰宰衡。元始五年，莽弑帝，居摄践祚。此顷佛教始传入中国。

孺子婴遭 新莽篡	（6—8）宣帝玄孙，立二年，王莽篡汉，被废。居摄元年，刘崇起兵，败死。王莽称假皇帝。二年，王莽改铸钱货。翟义起兵讨莽，败死。初始元年（8），王莽自称新皇帝。 （8—23）王莽篡汉，建国号曰新，在位十五年，为淮阳王玄所灭。即位后废孺子婴为安定公。禁买卖田宅奴婢。立五均、司市、钱府官、榷酒酤，作宝货。匈奴诸部入寇，州郡兵起。临淮、郎邪、荆州、绿林、赤眉、新市、严林均起兵。刘演及弟秀亦起兵。
淮阳二年毕西汉	（23—25）名玄，汉景帝子长沙定王发之后，受诸将拥立为帝，号更始，在位二年，为赤眉所杀，光武诏封淮阳王。更始元年，刘秀打破莽兵于昆阳。隗嚣、公孙述起兵。莽败死，新亡。二年，公孙述称帝于蜀。西汉历十世十三主（并新莽），共二百三十年。
光武中兴 明、 章传	（25—57）名秀，高帝九世孙，在位三十二年。建武元年即皇帝位，定都洛阳。是年，赤眉杀淮阳王。六年，隗嚣降蜀。十年，降隗嚣子纯，陇右平。十二年，公孙述败死，蜀地平。中元二年（57），倭国遣使入贡，为日本与我国正式交通之始。 （57—75）名庄，光武帝子，在位十八年。永平八年，遣蔡愔等使西域求佛法。十六年，窦固等北伐匈奴，取伊吾庐地。 （75—88）名炟，明帝子，在位十三年。建初四年，诸儒会白虎观，讲五经同异。八年，班超为西域将兵长史。章和元年，匈奴五十八部来降。帝崩，窦太后临朝。
和、	（88—105）名肇，章帝子，在位十七年。永元元年，窦宪大破北匈奴，勒石燕然山而还。六年，班超定焉耆，西域五十余国均内属。

殇、安、顺、冲、质延	（106）名隆，和帝子，在位一百零六天。和帝崩，邓太后临朝。帝崩，迎立安帝祜，邓太后仍临朝。
	（106—125）名祜，章帝孙，在位十九年。建光元年，封宦者江京等为侯。帝崩，宦官孙程等迎立废太子保。
	（125—144）名保，安帝子，在位十九年。阳嘉四年，初听中官得以养子袭爵。以后父梁商为大将军。永和六年，梁商卒，以梁冀为大将军。
	（144—145）名炳，顺帝子，在位六个月。顺帝崩，梁太后听政。时炳方二岁，寻殇。复迎立年甫八龄之渤海孝王子缵为帝。
	（145—146）名缵，章帝玄孙，在位一年。梁冀进毒弑帝（缵因恶梁冀，目为跋扈将军，冀故弑之），迎蠡吾侯志为帝，太后临朝。时志亦年方十五也。

桓、灵至献东汉完	（146—167）名志，章帝曾孙，在位二十一年。建和元年，梁冀杀李固、杜乔。次年，太后归政，寻崩。延熹二年，皇后梁氏崩。八月，梁冀伏诛，宦者单超五人以功封列侯。九年，李膺等下狱，党锢之祸兴。
	（167—189）名宏，章帝玄孙，在位二十二年。建宁元年，陈蕃、窦武谋诛宦官，事败见杀。次年，并杀李膺等二百余人。光和元年，初开西邸卖官。中平元年，黄巾起，皇甫嵩、曹操等击破之。六年四月，帝崩，子少帝辩立。九月，董卓废帝为弘农王，立献帝协。
	（189—220）名协，灵帝子，在位三十一年。帝甫立，董卓挟帝迁都长安，遂受制于卓。追王先诛卓，李傕劫帝出走，为曹操迎归，徙都许，复受制于操。时天下纷崩，争战无宁岁。及操卒，子丕篡汉称魏，废帝为山阳公，东汉遂亡。东汉历八世，十二主，一百九十六年。总计两汉凡十八世，二十五主，四百二十六年。

（三国）

曹操受封为魏公，传至其子丕，篡汉，因建国号曰魏。都洛阳，在今河南省洛阳县东北。奄有十三洲，即今河北、河南、山东、山西、甘肃诸省，及湖北、江苏、安徽诸省之北部，辽宁省中部与西部，朝鲜西北部之地。后禅于晋。历三世五主，共四十五年。起公元220年，迄265年。

蜀、

刘备以汉宗室称帝于蜀，继承汉统，史称蜀汉。诸葛亮辅之，遂与魏、吴成鼎足三分之局。奄有益、梁、交三州也，即今四川全省，及云南、贵州二省之北部，与陕西省汉中一带地。都成都，即今四川省成都市。传至子禅，庸儒不振，为魏所灭。凡二主，共四十二年。起公元221年，迄263年。

吴

孙权据江南，初称王，后称帝。奄有今江、浙、湘、鄂、闽、粤、安南诸地，国号吴。都建业，故城在今南京市南。传至孙皓，为晋所灭。历三世，凡四主，五十八年。起公元222年，迄280年。

曹丕篡汉魏嗣续

（魏）

文帝、明帝、齐王芳	（220—226）姓曹，名丕，篡汉，践祚六年。黄初元年十月，魏王曹丕篡国，废汉献帝为山阳公。明年，刘备称帝于蜀。魏封孙权为吴王，权旋称帝。四年，汉昭烈帝崩，后主禅立，诸葛亮辅政。六年，诸葛亮南征，遂平四郡。 （226—239）名叡，文帝子，在位十三年。司马懿辅政。诸葛亮伐魏，六出祁山，司马懿屯兵坚守，亮无功，卒于军。吴亦数伐魏，无功。景初元年，公孙渊自称燕王，改元绍汉。明年，魏遣司马懿伐燕，斩公孙渊。 （239—254）明帝养子，在位十五年。蜀汉姜维自汉中徙屯涪。曹爽伐蜀汉，攻汉中，无功。司马懿杀曹爽。司马懿卒，子师继之。
高贵乡公、陈留王	（254—260）名髦，文帝孙，在位六年。司马师废帝芳，迎立帝。明年，司马师卒，弟昭继。蜀汉姜维伐魏，不利。诸葛诞讨司马昭。 （260—265）名奂，武帝孙，在位五年。司马昭弑其君髦，迎立帝。魏遣钟会伐蜀汉，降之。蜀汉亡。司马昭进爵为晋公，寻进爵晋王。明年（265），司马昭卒，子炎嗣。十二月，司马炎废魏主，即帝位。魏亡，历三世五主，共四十五年。

（晋）

西晋武、

（265—290）姓司马，名炎，晋王昭之子，篡魏，践位二十五年。泰始元年（265），是年为魏陈留王咸熙二年，晋王司马昭卒，于炎嗣。十二月，司马炎即帝位，废魏主，魏亡。咸宁五年，晋出兵伐吴，明年，吴主皓降，吴亡。晋惩魏氏孤立之弊，大封宗室三十七人，俱以为王，后乃有八王之乱；又去州郡武备，遂召五胡之祸。

惠、

（290—307）名衷，武帝子，在位十七年。性愚骏，贾后专政淫虐，帝不能制。赵王伦杀后，自为相国，诸王相争，遂成八王之乱。祸变末年，五胡又乘间入侵中国。帝中毒崩。

怀、

（307—311）名炽，武帝子，在位四年。永嘉二年，汉王刘渊称帝。渊卒，子聪弑兄自立。五年，汉兵陷洛阳，虏帝去。

愍帝

（313—317）名邺，武帝孙，在位四年。是年为怀帝永嘉七年，怀帝遭害，帝即位。建兴四年，汉刘曜陷长安，帝降。

东晋元、

（317—322）名睿，宣帝司马懿曾孙，在位五年，建武元年，睿即晋王位。明年（大兴元年）即帝位。永昌元年，王敦反，帝以忧崩。

明、

（322—325）名绍，元帝子，在位三年。太宁二年，王敦复反，帝亲征之，敦败死。

成、

（325—342）名衍，明帝子，在位十七年。咸和二年，苏峻反，明年陷建康，陶侃诛之。四年，石虎灭前赵。五年，后赵石勒称帝。

康继	（342—344）名岳，成帝母弟，在位二年。帝亮阴不言，委政于庾冰、何充，遂崩。

穆、 哀、 废帝、 简文帝	（344—361）名聃，康帝子，在位十七年。立时甫二龄，褚太后临朝称制。永和二年，蜀李势降晋。三年，石虎称帝，寻殂，诸子争立。八年，前秦苻健称帝，苻坚篡之自立。 （361—365）名丕，成帝子，在位四年。穆帝无嗣，故立帝。寻崩，亦无嗣。 （365—371）名奕，哀帝母弟，在位六年。桓温镇姑熟，有逆志，曰："大丈夫不能流芳百世，亦当遗臭万年。"乃诣建康，废帝为东海王，而立会稽王昱。 （371—372）名昱，元帝子，在位一年。咸安元年为废帝太和六年，十一月，桓温废废帝，迎帝即位，温威震内外，即帝亦拱手听命而已。明年，帝崩，孝武帝曜即位。

孝武、 安、 恭十五帝	（372—396）名曜，简文帝子，在位二十四年。牟康元年，桓温卒。太元八年（383），前秦苻坚来寇，谢玄大败之于淝水，坚望见八公山上，草木皆兵。十九年，坚为西秦所灭。江左偏安，帝溺于酒色，日游华林园。因恶张贵人，张贵人使婢以被蒙面弑帝。 （396—419）名德宗，孝武子，在位二十三年。桓玄反，废帝自立。刘裕起兵诛之，帝复位。后裕灭南燕、后秦，遂弑帝。 （419—420）名德文，安帝母弟，在位一年，刘裕废之。元熙元年，裕晋爵为宋王，明年遂废帝自立，晋亡。两晋前后共历十二世十五主，共一百五十六年（西晋五十二年，东晋一百零四年）。

（南北朝）（南朝）

（宋）

宋武、少、文、孝武帝

（420—422）姓刘，名裕，彭城人，在位二年。永初元年，为晋恭帝元熙二年，帝废恭帝自立。帝少嫔御，孝后母，以疾崩。

（422—424）名义符，武帝子，在位二年。即位时年方九岁，以居丧无礼被废为营阳王，旋被弑。

（424—453）名义隆，武帝子，在位二十九年。元嘉元年为废帝景平二年。元嘉十六年（439），北凉降北魏，北凉亡，江北一统，南北朝对峙之局成。檀道济以攻魏多捷，威名日盛，被忌见诛，于是魏军南下，宋势日衰矣。帝欲废太子邵，为邵所弑。武陵王骏起兵讨邵，遂诛邵自立，是为孝武帝。

（453—464）名骏，文帝子，在位十一年。大明五年（461），禁止士族杂婚。帝于闺门无礼，不择亲疏尊卑。又狎侮群臣，奢欲无度，嗜酒好利。但为人机警勇决，又善骑射，内外畏之。帝崩，太子业立，业幼而淫虐过其父，至淫其姊山阴公主。又裸湘东王彧纳泥水中，谓之猪王。

明帝、苍梧、

（465—472）名彧，文帝子，在位七年。泰始元年（465），业以淫虐被弑，湘东王彧即帝位，是为明帝，十二月改元。帝亦淫虐昏暴。与魏战败，使萧道成镇淮阴。道成收养豪杰，宾客始盛。帝又杀王景文，诛诸王，乃殂。

（472—477）名昱，明帝子，在位五年。昱时年方十岁，骄姿尤甚，诛戮大臣，惨裂其尸。至直入领军府，引弓拟萧道成欲射之。道成忧惧，乃密谋废帝。会帝乘露车，晚至新安寺偷狗饮酒醉还，遂被弑。追废为苍梧王。

顺不嗣（477—479）名準，明帝子，在位二年。昇明元年，萧道成弑废帝昱，立顺帝準。沈攸之、袁粲、刘秉各起兵谋诛道成，俱不克而死。道成卒篡帝位，废帝自立。帝曰："愿世世勿生帝王家！"寻被弑。宋亡。历四世八主，共五十九年。

（齐）

齐高、武、明、东昏侯

（479—482）姓萧，名道成，南陵人，在位三年。建元元年废宋顺帝。帝深沉有大量，性清俭，博学能文。

（483—494）名赜，高帝子，在位十一年。帝留心政事，严而有断，郡县久于其职。故永明之世，百姓丰乐。

（494—498）名鸾，高帝兄道生子，篡位四年。武帝崩，西昌侯鸾奉太孙昭业立之。寻弑昭业，追废为郁林王，更立新安王昭文。新安王昭文在位三月，又废为海陵王，亦弑之。萧鸾遂篡位，是为高宗明帝。帝躬亲细务，纲目亦密，昧于为政之体。在位四年殂。

（498—501）名宝卷，明帝子，在位三年。上昏淫无度，尝凿金为莲花贴地，令潘妃行其上，谓之步步生莲。又亲信宦官，于诸嬖臣皆号为鬼。复杀尚书令萧懿，懿弟衍乃起兵讨宝卷，废而弑之，立宝融。

和帝五主齐祚穷

（501—502）名宝融，明帝第八子，在位一年。萧衍内有受禅志，沈约劝进，衍遂即皇帝位，国号梁。废和帝为巴陵王，寻弑之，齐遂亡。历三世五主，共二十四年。

（梁）

| 梁武、简文、元、敬帝 | （502—549）姓萧，名衍，与齐同族，举兵攻东昏侯，封梁王，篡齐后，在位四十七年。帝崇释氏，尝舍身同泰寺，群臣以钱亿万赎还宫。然勤于政，英达有文学。侯景叛东魏归梁，寻反，陷台城，帝口苦索蜜不得，再曰荷荷而殂。 |

（549—551）名纲，武帝子，在位二年。帝六岁能属文，虽承父业，而受制于侯景。景妻帝女溧阳公主，终废弑帝，立昭明太子之孙豫章王栋，寻亦废之自立，自称汉帝。湘东王绎起兵讨景诛之，即帝位于江陵，是为世祖元帝。

（552—554）名绎，武帝子，在位二年。帝好谈玄，而性残忍。西魏伐梁，帝出降，寻被杀。陈霸先乃奉晋安王方智即帝位，是为敬帝。

（555—557）名方智，元帝子，在位二年。陈霸先自为相国，加九锡，封陈公，复晋爵为王。遂称帝，梁主禅位于陈霸先，霸先奉梁主为淮阴王，旋弑之。梁亡。历三世四帝，共五十五年。

| 后梁宣、明、后主废 | 南朝梁武帝孙萧詧，当侯景之乱时，都督雍、梁、益、泰、郢诸军事，未能讨景，反而降魏，立为梁王，寻即帝位于江陵，史称后梁。有今湖北省旧荆州沿江一带地。后梁宣帝詧，知人善任，御下有恩，在位七年殁。子明帝岿立，孝慈俭约，有人君之量，嗣位二十四年殁。子琮立，是为后主，嗣位二年，隋文帝征琮入朝，废为莒国公。后梁亡。凡三主，共三十二年（起公元555年，讫587年）。 |

（陈）

陈武、文帝、临海、宣

（557—559）姓陈，名霸先，吴兴人，在位二年。帝信佛。其子昌，在江陵被掳入魏，未得还。临终，乃召兄子临川王蒨继位，是为世祖文帝。

（559—566）名蒨，武帝兄道谭之子，在位七年。帝起自艰难，知民疾苦，性明察俭约。

（566—568）名伯宗，文帝子，在位二年。帝性柔懦，权尽归于其叔安成王顼。顼遂废帝为临海王而自立，是为高宗宣帝。

（568—582）名顼，文帝弟，在位十四年。帝遣吴明彻攻齐，取沧州、徐州等地。复遣吴围周彭城，不克，为人所执。太建十二年，北周杨坚自为相国，进爵隋王。明年（581），杨坚废其主自立，国号隋，改元开皇，是为文帝，北周亡。宣帝亦殂。

世系终于后主年

（582—589）名叔宝，宣帝子，在位七年。主荒淫无道，选文士十余人，侍宴后庭，谓之狎客，日于诸嫔妃及女学士共赋诗饮酒。又宠张丽华，尝置妃膝上共决政事。隋乃命晋王广等伐陈，虏主北去，陈亡。历四世五主，共三十二年。

（北朝）（北魏、东魏、西魏）

北魏开国晋孝武

晋孝武帝太元十一年（386），鲜卑拓跋珪据盛乐，自立为代王，后都平城，称帝，国号魏。为北朝之 ，史称北魏，亦称后魏。其盛时有今冀、鲁、晋、陇诸省之全部，与辽宁之西部等地。传至孝文帝，迁都洛阳，改拓跋姓为元，故又称元魏。传至孝武帝，高欢专恣，帝西奔依宇文泰，泰弑帝，立孝文帝孙南阳王宝炬为帝，是为文帝，都长安，史称西魏；而欢又别立孝静帝于洛阳，史称东魏。

十二帝王终梁武

① 道武帝（386—409）即拓跋珪，其祖什翼犍晋时为代公，代灭时珪尚幼，随母依刘库仁，寻又奔贺兰，倚其舅。既而诸部推为代王。登国元年（386），立国号曰魏，即帝位，都平城。讨平刘显等部落，伐燕，围中山，破慕容宝。在位二十三年，为子绍所弑。

② 明元帝（409—423）名嗣，道武帝子，在位十四年。帝性孝，诛弟绍及父妾万人乃立。帝用崔浩，劝课农桑，人民安富。

③ 太武帝（423—452）名焘，明元帝子，在位二十九年。帝灭夏、北燕、北凉，取仇池，又平西域及柔然、高车等国。仍用崔浩，国内大治。

④ 文成帝（452—465）名濬，太武帝孙，在位十三年。太武被弑，立太武子余，余复被弑，立帝。帝任高允，怀集中外，魏国大治。

⑤ 献文帝（465—471）名弘，文成帝子，在位六年。帝立时年

方十三，冯太后临朝。太后虽淫乱，而能仍用高允，魏国无事。帝以好黄老，传位于太子宏。后五年被鸩。

⑥ 孝文帝（471—499）名元宏，献文帝子，在位二十八年。帝好学不倦，祀周公、孔子，禁同姓为婚。迁都洛阳。御齐还殂。

⑦ 宣武帝（499—515）名恪，孝文帝子，在位十六年。帝宠佞臣赵邕，及外戚高肇等，又信佛，佛教大盛，魏政衰。

⑧ 孝明帝（515—528）名诩，宣武帝子，在位十三年。胡太后临朝，多外宠，于是政事废弛，盗贼蠭起。太后卒弑帝。

⑨ 孝庄帝（528—529）名子攸，孝文帝弟彭城王元勰之子，在位一年。帝为尔朱荣所制，杀之，荣侄兆遂弑帝，立太武帝五世孙长广王晔为帝。

⑩ 东海王（530—531）名晔，太武帝五世孙，在位四个月。尔朱世隆（尔朱荣从弟）以晔疏属，废晔为东海王，更立献文帝孙广陵王恭，是为节闵帝。

⑪ 节闵帝（531—532）名恭，献文帝孙，在位一年。高欢别立太武帝玄孙渤海太守元朗为帝，讨尔朱兆，尔朱兆自杀，遂尽灭其党。乃幽帝于崇训佛寺，寻杀之。又以元朗疏属，废为安定王，别立孝文帝之孙平阳王脩，是为孝武帝。

⑫ 孝武帝（532—534）名脩，孝文帝孙，在位二年。高欢反，帝奔长安依宇文泰，与泰有隙，饮酒遇鸩而殂。高欢追帝不及，还洛阳，别立孝文帝曾孙清河世子善见为帝，北迁都邺，时人谓之东魏。北魏自道武帝开国至孝武帝西奔，凡十二主，共一百四十八年，北魏亡，时梁武帝中大通六年也。

（534—551）名善见，孝文帝曾孙，在位十七年。帝在位时，高欢擅权，而事帝尚恭。及与西魏战败病卒，子澄嗣，遂骄蹇无人臣礼矣。至与帝饮酒时，詈帝："朕朕朕，狗脚朕！"复使崔季舒以拳殴帝。后高澄为膳奴杀，弟高洋嗣，逼帝禅位。洋即帝位，建国号曰齐，是为北齐。废帝为中山王，寻鸩弑之。东魏亡，一主十七年。

（535—551）名宝炬，孝文帝孙，在位十七年。时宇文泰在长安代统贺拔岳军，魏主脩因高欢反，自洛阳来依泰，与泰有隙，饮酒遇鸩而殂。泰别立孝文帝孙南阳王宝炬为帝，是为西魏文帝。泰专国柄，用度支尚书苏绰，减官员，置贰长，并置屯田，以资军国，搜简贤才，以为守令，国内称治。及绰卒，泰醉酒哭曰："尔知吾心，吾知尔意，方欲平定天下，奈何遽舍我去！"

（551—554）名钦，文帝子，在位三年。帝谋诛泰，事泄，泰废帝，置之雍州，寻弑之，立其弟齐王廓，是为恭帝。

（554—556）名廓，废帝弟，在位二年。宇文泰自为太师大冢宰，北巡还卒，子觉嗣。弟护使帝禅位于觉，废为宋公，寻弑之。西魏亡，凡二世三主，共二十二年。觉即帝位，称周天王，北周兴。

（北齐、北周）

北齐始梁终于陈

① 文宣帝（550—559）姓高，名洋，高欢子，篡东魏自立，在位九年。初留心政务，后乃狂暴，醉辄杀人；然能任用杨愔，齐国亦治。

② 废帝（559—560）名殷，文宣帝子，在位一年。文宣帝六子常山王演弑帝自立，是为肃宋孝昭帝。

③ 孝昭帝（560—561）名演，文宣帝弟，在位一年，崩，其弟长广王湛立，是为世祖武成帝。

④ 武成帝（561—565）名湛，文宣帝弟，在位四年，帝荒淫残暴，善用兵，大破北周及突厥兵于洛阳。彗星见，帝传位太子纬，又四年乃崩。

⑤ 后主（565—576）名纬，武成帝子，在位十一年。帝纳斛律光女为后，以光辅政，为北周所惮。北周造谣离间，帝乃杀光废后，宠冯小怜，周师遂入晋阳。

⑥ 幼主（577）名恒，后主子。周师克晋阳，后主奔邺，周师趋邺，望气者言当有革易，后主遂传位于太子恒，是为幼主。周师入邺，纬与幼主奔青州，被执送邺，为周武帝所杀。北齐亡，六主二十七年。

北周附陈隋乃绝

① 孝闵帝（557）名觉，宇文泰子，篡西魏自立，称周天王。帝谋诛其叔宇文护，谋泄被弑。护迎宇文泰长子宁都公毓即天王位，是为明帝。

② 明帝（557—560）名毓，宇文泰子，在位三年。帝即位次年去天王号，仍称皇帝。帝明敏有识量，为护所忌，复置毒于

糟弑帝。帝遗诏传位于弟鲁公邕。

③ 武帝（560—578）名邕，明帝弟，在位十八年。帝杀宇文护。
为太子赟纳妃杨氏，即隋公杨坚女。人言赟失德，杨坚有反
相，帝迟疑未决。帝伐北齐，灭之。复伐突厥，还，遂殂。

④ 宣帝（578—579）名赟，武帝子。帝以杨妃为后，以杨坚为
上柱国大司马。在位一年，传位于太子阐，是为静帝。

⑤ 静帝（579—581）名阐，宣帝子，在位二年。帝即位方六岁，
杨坚自为相国，进爵隋王。后遂废帝自立，建国号曰隋，是
为隋文帝。北周亡，历三世五主，共二十四年。

（五胡十六国）

晋永兴初至宋元嘉间（公元 304—439），历一百三十五年，匈奴、
羯、鲜卑、氐、羌等五胡，先后扰乱中华。其割据僭号者，计
有二赵、四燕、五凉、三秦，及大夏、成汉等十六国，史称"五
胡十六国"。尚有后赵之末，冉闵僭立，国号魏，史家以附后赵，
称冉魏；又有后燕之末，慕容泓僭立，史家以附后燕，称为西
燕。此二国不在十六国之列。

① 前赵（304—329）匈奴刘渊据离石左国城称王，国号汉。旋徙蒲子，称帝。又徙平阳。传至族孙曜，改国号曰赵，徙都长安。后为后赵所灭。三世五主，二十五年。

② 后赵（319—351）羯人石勒灭前赵称帝，都襄国，史称后赵。至石虎徙邺，国最强。至石鉴为冉闵所弑，改国号曰魏，史称冉魏。后为前燕所灭。二姓八主，三十二年。

① 前燕（307—370）鲜卑慕容廆据大棘城，称鲜卑大单于。廆子皝称王。皝子儁称帝，都邺，国号燕。后为前秦所灭。凡四世四主，共六十三年。

② 后燕（384—407）鲜卑慕容垂离燕自立，据中山，称燕王，寻称帝。传至其养子高云，为北燕所灭。凡二姓三世五主，共二十三年。

③ 南燕（398—410）鲜卑慕容德离前燕自立，称燕王，初都滑台，后徙广固。后被灭于晋。凡二世二主，共十二年。

④ 北燕（409—436）汉人冯跋，乘后燕内乱，据昌黎自立，称天王，国号燕。后为后魏所灭。凡二世二主，二十七年。

① 前凉（301—376）张轨为凉州刺史，据姑臧。数传至张祚，称凉王。后为前秦所灭。凡五世九主，共七十五年。

② 后凉（386—403）氐人吕光据姑臧，领凉州牧，称凉天王。后为后秦所灭。凡二世三主，共十七年。

③ 南凉（397—414）鲜卑秃发乌孤据乐都，称西平王，其弟傉檀称凉王。后为西秦所灭。凡二世三主，共十七年。

④ 北凉（401—439）匈奴沮渠蒙逊背后凉，推段业为凉州牧，据张掖，寻杀业而代之，称凉王。后降后魏。凡二姓二主，共三十八年。

⑤ 西凉（400—421）晋隆安间，汉人李暠据秦、凉二州，称凉公，国最弱小。宋景平间为北凉所并。凡二世三主，二十一年。

大夏、成汉及三秦

大夏（407—431）匈奴赫连勃勃仕秦，镇朔方。既而叛，据统万城，称大夏天王。后为吐谷浑灭。凡三主，二十四年。

成汉（302—347）氏族李特子雄，据成都称成都王，国号成，后改号汉，史称成汉，亦称后蜀。后灭于晋。历三世六主，四十五年。

① 前秦（351—394）氏人苻洪僭号三秦王，洪子健称帝，健子坚称天王，国最强。后为西秦所灭。凡四世六主，四十三年。

② 后秦（384—417）晋高陵郡公姚弋仲（羌）第五子襄为秦苻坚所杀，二十四子苌杀苻坚自立，称秦王，据长安。凡二世二主，三十三年。

③ 西秦（385—431）鲜卑乞伏国仁据枹罕，称大单于；其弟乾归据金城，称秦王。后为夏赫连定所灭。三世四主，四十六年。

（隋）

隋文得统　昪炀帝

（581—604）姓杨，名坚，弘农人，在位二十三年。帝于581年废北周主静帝即帝位，即位后九年乃灭陈，统一全国。帝性简约，勤于政事；然猜忍苛察，信受逸言。太子勇性宽厚，率意无矫饰，而服用多侈。晋王广乃矫为仁孝俭朴，悦独孤后。帝因后赞，遂废勇立广。及寝疾，广遂乘间弑帝自立。

（604—618）名广，文帝子，在位十四年。帝筑西苑，周二百里，每月夜携宫女数千骑游幸。遣丁壮百万，西筑长城。又亲征高丽，败还，亦动众百万，死者相枕。天下骚动，群雄并起。帝幸江都，为宇文化及所弑。

（617—618）名侑，炀帝之孙，在位 年。李渊起兵，克长安，立代王侑为帝，遥尊炀帝为太上皇，自为大丞相，封唐王。隋帝侑寻禅位于唐。唐王李渊即皇帝位，改元武德，都长安。封隋帝侑为酅国公。明年殂，年十五，无后。隋亡。凡三主二十八年（自隋文帝灭陈、统一全国之年起算）。

（唐）

（618—626）唐高祖姓李名渊，西凉王李暠之后，陇西成纪人。以太原留守起兵，晋封唐王，遂代隋室。在位八年。武德元年，宇文化及弑炀帝，帝即位长安，建国号曰唐。然后遣次子秦王世民平定群雄，如王世充、窦建德、刘黑闼等，复征服突厥及西域诸国。武德九年，秦王与太子建成及齐王元吉弟兄争位不睦，秦王伏兵玄武门，射杀建成、元吉，帝乃传位于秦王，自称太上皇。贞观九年崩。

（626—649）名世民，高祖子，在位二十三年。帝聪明英武，嗣位后用房玄龄、杜如晦、魏征等辅政，轻刑薄赋，海内升平，史称贞观之治。又用李勣、秦叔宝等为将，征服突厥、吐蕃等，版图益广。贞观三年（629），僧玄奘往印度求经，历十六年始回（645）。贞观十五年（641），以文成公主嫁吐蕃弃宗弄赞。

（649—683）名治，太宗子，在位三十四年。帝亦崇尚武功，伐西突厥，擒沙钵罗可汗；又伐百济、高丽，灭之，迁高丽民于江淮之南及山南、京西诸州地；又遣薛仁贵伐吐蕃，不克。帝为太子时，悦太宗才人武氏（则天），即位后封武氏为昭仪，寻废皇后王氏，以武氏为后。褚遂良、韩瑗谏，贬为远州刺史。又削太尉赵公、长孙无忌等官，用奸人许敬宗、李义府等，帝渐苦风眩，百官奏事，或使后决之，由是武氏渐专权。

则天帝

（684—705）名曌，姓武氏，高宗后，废中宗、睿宗，称制；天授元年（690），改国号为周，称皇帝，前后僭位二十一年。帝性明敏，有权略，能知人。在位时任娄师德、狄仁杰等，颇亦称治。惟亦嬖倖张易之、张昌宗等，秽乱宫闱，朝政日非。后宰相张柬之等，因后寝疾，迫后归政，奉中宗复位，徙后居上阳宫，上尊号曰则天大圣皇帝。寻崩，谥曰则天皇后。

中宗、睿宗复、玄宗

（683—684，705—710）名哲，高宗子，即位二月，被废为庐陵王，复位后，在位五年。神龙元年，张柬之等举兵诛张易之，中宗复位后，复国号为唐。太后崩，韦后用事。武三思与后通，太子重俊杀武三思，已亦被杀。

（710—712）名旦，中宗弟，嗣圣元年（684）立，由太后称制，旋被废为相王，即位后，在位二年。景云元年，是年为中宗景龙四年，韦后置毒于饼弑中宗，临朝，改元唐隆。临淄王隆基起兵诛韦氏，睿宗复位。后三年传位于太子隆基，又四年崩，年五十五岁。帝在位任姚崇、宋璟，颇革中宗弊政，称为善治。

（712—756）名隆基，睿宗子，在位四十四年。帝初亦颇励精图治，任姚崇、宋璟为相，宇内升平，史称开元之治。后嬖倖杨太真，宠任杨国忠、李林甫等，国政日非。安禄山反，帝奔蜀。肃宗即位，尊帝为太上皇。

（756—762）名亨，玄宗子，在位六年。至德元年，为玄宗天宝十五年，安禄山称大燕皇帝。玄宗奔蜀。杀杨国忠、杨贵妃。七月，帝即位于灵武，改元。二年，安庆绪杀安禄山。其后史思明复杀安庆绪，已又为史朝义所杀，史称安史之乱。末年，帝与玄宗俱崩。

（762—779）名豫，肃宗子，在位十七年。吐蕃入寇，诏郭子仪击却之。又使元载定计诛鱼朝恩。

（779—805）名适，代宗子，在位二十六年。始行两税法。节度使李希烈、朱滔、朱泚、李怀光先后反。用奸相卢杞，遂为乱阶。

（805）名诵，德宗子，在位八月。帝以失音，不能临朝，王伾、王叔文等用事，后以韦皋表请，遂传位太子纯。

（805—820）名纯，顺宗子，在位十五年。元和元年，顺宗崩。帝刚果明断，能用忠谋，节度使刘辟、李锜、吴元济等反，均先后讨平之。自是藩镇之祸除。时天下既平，帝寖骄侈，又好仙佛，求长生药。服药无效，多躁怒。宦官俱诛，乃以毒弑帝崩。

（820—824）名恒，宪宗子，在位四年。时牛（僧儒）、李（德裕）二党争权，李贬李宗闵（牛党），遂启朋党之衅。帝亦饵金石药崩。

（824—826）名湛，穆宗子，在位二年。罢牛僧儒相，用裴度为相。然帝以童昏失德，好狎昵群小，卒为宦官刘克明所弑。

（826—840）名昂，穆宗子，在位十四年。帝在位时，牛、李二党互相争权，宦官复专横跋扈，帝阘弱，均不能制。

<table>
<tr>
<td>武、宣、懿</td>
<td>

（840—846）名瀍，穆宗子，在位六年。帝英敏，卢龙军乱，遣张仲武平之。贬牛僧儒。毁天下佛寺。亦饵方士药崩。

（846—859）名忱，宪宗子，在位十三年。武宗无子，叔忱立。帝精于听断，以察为明，时号为小太宗。亦饵方士药，疽发于背崩。

（859—873）名漼，宣宗子，在位十四年。帝骄奢无度，淫乐不悛，又好奉佛，施与无算。于是浙东裘甫、桂州戍卒相继为乱，虽先后平定，而天下骚然矣。
</td>
</tr>
<tr>
<td>僖、昭、昭宣廿一帝</td>
<td>

（873—888）名儇，懿宗子，在位十五年。帝即位年始十二，政在臣下。宠田令孜，呼为阿父，帝专事游戏，政事一委令孜。王仙芝、黄巢先后起义。广明元年（880），黄巢陷长安，称齐帝。帝奔凤阳。明年，幸成都。中和三年（884），李克用破黄巢，收复长安，帝还。明年，黄巢甥杀巢降。光启元年，李克用请诛田令孜，逼京师，田挟帝走凤阳。后不自安，自除西川监军。帝乃还，寻崩。

（888—904）名杰，僖宗弟，在位十六年。帝体貌明粹有英气，以僖宗威令不振，有恢复前烈之志，然已积弱难反。帝于崔胤（宦官）谋诛宦官，谋泄被幽，后崔胤诛为首作乱者，帝乃复位。崔犹惧宦官作祸，乃合朱全忠兵讨之，尽除宦者，只留幼弱三十人被役。全忠乃逼帝迁洛阳，尽毁长安宫殿。帝至洛阳，全忠使朱友恭等弑帝，而立辉王柷，是为昭宣帝。

（904—907）名柷，昭宗子，在位三年。天复四年（904）四月，昭宗改元天祐，更封钱镠为吴王。八月，朱全忠弑昭宗，迎立帝，不改元。是年，彗星出，长竟天，全忠乃杀不附己者裴枢、独孤损等三十余人以应天变。昭宣帝虚位三年。君臣惧祸，遣使奉册宝如大梁，让位于朱全忠。全忠更名晃，称皇帝，建国号曰梁，都大梁。废帝为济阴王，寻弑之。唐亡。历十四世，凡二十一主（则天帝在内），二百九十年。
</td>
</tr>
</table>

（五代十国）（五代）

（后梁）

后梁太祖与　　末帝

（907—912）姓朱，本名温，初从黄巢，降唐赐名全忠，封梁王，更名晃，废皇帝自立，在位五年。开平元年（907），以钱镠为吴越王，以马殷为楚王，以高季昌为荆南节度使。三年，复以王审知为闽王，以刘守光为燕王。李克用自称晋王，据洛阳。克用薨，梁主攻之，克用子存勖大败梁。梁主惊恚寝疾，子友珪弑主自立。

（913—923）本名友贞，即位后，更名瑱，太祖子，在位十年。太祖乾化三年（913），帝与赵严密谋诛友珪，友珪败死，帝乃即位，不改元。明年改元贞明。时李存勖袭父晋王封爵，北却契丹，复灭燕，得燕传国玺，因称帝，改国号曰唐，是为后唐庄宗。梁遣王彦章攻唐，复疑而召回，以段凝代之。唐王遂以大军济河，围大梁。帝日夜涕泣，不知所为，帝之左右已窃帝之传国玺降唐矣。帝乃令皇甫麟弑己，然后自杀。后梁乃亡。凡二帝十六年。

（后唐）

后唐庄、

（923—926）姓李，名存勖，本沙陀部人，袭父晋王克用爵，灭梁，即帝位，建国号曰唐，徙都洛阳。帝得国后，渐荒于声色，以善音乐，尝粉墨登场，与优人共戏。内府钱山积，军士怨其不赏赐，遂反。帝出关东招抚，为流失所中殂，在位仅三年。

明、闵、潞废

（926—933）名嗣源，克用养子，因乱为众所推立，在位七年。帝目不知书，然谨于为政。在位之年，年谷屡丰，兵革罕用，较于五代，粗为小康。

（933—934）名从厚，明宗子，在位仅四月。成德节度使潞王从珂举兵凤翔，入洛阳，废帝为鄂王，寻弑之，自立为帝。

（934—936）名从珂，明宗养子，本姓王氏，弑闵帝自立，是为废帝，在位二年。河东节度使石敬瑭反，割地事契丹，契丹作凡四帝十三年。

（后晋）

后晋高祖、出乃毕

（936—942）姓石，名敬瑭，太原人，其先西夷人，唐末以晋王李克用征战有功，拜河东节度使。入后唐，为明宗婿。潞王在位时，契丹南侵，敬瑭为王所疑，乃以北京留守举兵，引契丹灭后唐。并割幽蓟十六州以赂契丹，契丹立为帝。敬瑭称臣于契丹，称契丹为父皇帝，自称儿皇帝，国号晋，史称后晋。在位六年，后以纳吐谷浑之降，受契丹责谴，忧愤死。

（942—946）名重贵，高祖兄子，在位四年。帝立，尊事契丹倍昔，以契丹主德光为祖。时契丹初改国号曰辽，帝奉表称孙而未称臣，触辽主怒，遂伐晋，虏帝北去，废为负义侯，徙之黄龙府，是为出帝。后晋乃亡，凡二帝十年。

（后汉）

后汉高祖续

（947—948）姓刘，名知远，沙陀部人，世居太原。初从晋高祖起兵，以佐命功拜中书令封北王，加太尉。契丹（辽）灭晋，中原无主，乃即帝位于晋阳，国号汉，史称后汉，寻都汴，更知远名暠，在位一年卒。

隐帝

（948—950）名承祐，高祖子，在位二年。帝初立，三镇拒命，帝使郭威平三镇。三镇既平，帝寖骄纵，厌为大臣所制，遂杀其枢密使杨邠、侍卫指挥使史宏肇、三司使王章。又遣使至邺都杀威，威遂举兵反。至封丘，帝遣慕容彦超等将兵拒之，彦超等败还，帝出劳军，为乱兵所杀。众乃拥威即帝位，改国号曰周，史称后周，仍都大梁。后汉遂亡，凡二帝三年。

（后周）

后周太祖传

（951—954）姓郭，名威，尧山人。本姓常，因随母适郭氏，因冒其姓。及长，仕汉为邺郡留守。隐帝既殂，时值契丹入寇，威奉太后命，出御契丹，至澶洲，为众拥立，遂称帝，国号周。帝罢四方贡献珍物，毁宝玩于庭，诏百官上封事，爱士恤民，用人得宜。在位三年卒。帝无嗣，以皇后兄柴守礼之子柴荣为嗣。

世宗

（954—959）名荣，太祖养子，本姓柴氏，以功封晋王，即位后，在位五年。北汉入寇，帝子将破之。又伐南唐，大败之。

南唐献江北地，去帝号，奉周正朔。帝自将伐辽，取瀛莫易之地。以赵匡胤为都点检。显德六年六月，帝崩，子宗训立，年方七岁，是为恭帝。赵匡胤为众所拥，遂受周禅，即皇帝位，建国号曰宋。后周亡。周主废为郑主，后十一年殂。世宗十子皆寿终。后周凡三帝，共十年。总计五代起公元907年，讫960年，共五十三年。

（十国）

五代十国吴、前蜀

五代时干戈扰攘，群雄竞起，纷争割据，除正统朝代外，尚别为十国。

（892—937）杨行密据淮南，兼有江西地，国号吴。三传至杨溥，为徐知诰所篡。历三世四主，四十五年。

（891—925）王建，唐僖宗时为西川节度使，领蜀地。后封蜀王，遂称帝。传至子衍，为后唐所灭。历二世二主，三十四年。

南汉、吴越、闽及楚

（905—971）刘隐，唐昭宣帝时为清海节度使，梁太祖时进封南海王。隐卒，弟龚嗣立，称帝，国号越，后改为汉，史称南汉。传至鋹，为宋所灭。凡三世五主，共六十六年。

（895—973）钱镠，唐昭宗时为镇海节度使，后梁太祖封为吴越王，传至其孙俶，献其地于宋，国除。凡三世五主，七十八年。

（892—946）唐末王潮为武威军节度使，潮卒，其子审知继其职，封闽王。传至其子延政，改号殷，降南唐。凡三世七主，共五十四年。

（896—951）五代时马殷据长沙，称楚国王，有今湖南全省及广西东部地。后为南唐所灭。凡二世六主，共五十五年。

南平、南唐与后蜀	（907 963）高季兴，初仕后梁，为荆南节度使，后唐庄宗时封为南平王。历后晋、后汉、后周，传至继冲，为宋所并。凡四世五主，五十六年。
	（937—975）李昇（即徐知诰）受吴禅，称帝于金陵，国号齐，寻改号曰唐，史称南唐，传至其孙煜，为宋所灭。历三世三主，共三十八年。
	（925—965）孟知祥，后唐庄宗时为剑南西川节度副使，明宗时封蜀王，闵帝时称帝，国号蜀，史称后蜀。知祥卒，子昶立，为宋所并。凡二世二主，四十年。
宋灭北汉十国除	（951—979）后汉隐帝遇害，刘旻继汉称帝于晋阳（今山西省太原县），史称北汉，有并、忻、代、蔚、沁等州地。传至其孙继元，为宋所灭。凡三世四主，二十八年。

（宋）

太祖、太宗、	（960—976）姓赵，名匡胤，仕周为殿前都检点、归德节度使，代周后，在位十六年。帝即位，先后平定荆南、南汉、江南等处群雄，复以文臣知州事，削藩镇兵权，绳赃吏重法，务农兴学，天下粗安。
	（976—997）名光义，即位后，更名炅，太祖弟，在位二十一年。太祖遵杜太后遗训：国有长君，国之福也，乃传位于弟。太宗有治世才，即位后，南唐将陈洪进、吴越王钱俶相继纳土，帝

<table>
<tr><td rowspan="4">真、仁、英</td><td>复亲征北汉，灭之。后欲乘胜取幽、冀地，败于契丹，宋时边患自此始。</td></tr>
<tr><td>（997—1022）名恒，太宗子，在位二十五年。帝用寇准、吕蒙正为相，海内称治。契丹入寇，帝与盟于澶渊，输银绢以和。</td></tr>
<tr><td>（1022—1063）名祯，真宗子，在位四十一年。帝初嗣位，年幼，刘太后临朝，太后崩，始亲政。时西夏寇边，辽来求地，侬智高反于广源，帝使韩琦、范仲淹拒西夏，富弼和辽，狄青平侬智高。四方既平，勤修内政，称为仁主。</td></tr>
<tr><td>（1063—1067）名曙，仁宗养子，在位四年。帝资性明哲，优礼大臣，爱民好士，惜寝疾，天不假年，遂早崩。</td></tr>
</table>

<table>
<tr><td rowspan="4">神、哲以后、徽、钦行</td><td>（1067—1085）名顼，英宗子，在位十八年。帝即位后，励精图治，用王安石行新法，惜操之太急，遂废元老，摈斥谏士，遂致天下骚然，民不堪命。欲取灵夏，功西羌，功皆不成。</td></tr>
<tr><td>（1085—1100）名煦，神宗子，在位十五年。帝十岁即位，太皇太后高氏同听政，起用司马光、吕公著为相，尽革王安石所行新法，朝廷清明，华夏绥定。迨元祐末高后崩，帝亲政，复用章惇、吕惠卿等，绍述王氏新法，民怨载道，又肇朋党之祸。帝崩，无嗣，立端王佶为帝。</td></tr>
<tr><td>（1100—1126）名佶，神宗子，在位二十六年。帝好道教，自称教主道君皇帝。工书画，通百艺，颇知学问，惟秉性昏暗，无治世才，任用蔡京、童贯等，追贬司马光，致奸倭盈朝，贤士绝迹，朝政日非，边警屡起。宣和七年，金兵南下，帝惧，传位钦宗。靖康二年，金兵陷汴京，虏二帝北去，徽宗被废为昏德公。绍兴五年，殂于五国城。</td></tr>
<tr><td>（1126—1127）名桓，徽宗子，在位一年。</td></tr>
</table>

（1127—1162）名构，徽宗子，在位三十五年。靖康二年，金虏徽、钦二帝北去，帝于是年即位，初都建康，后迁临安，成南宋偏安之局。初李纲为相，宗泽为将，颇有匡复之图。然帝秉性庸懦，志在苟安，任用秦桧，残杀岳飞，遂与金构和，奉表称臣。后虞允文大破金兵于采石，宋势稍振。帝无嗣，传位眘。

（1162—1189）名眘，太祖七世孙，在位二十七年（高宗传位后，又二十五年乃崩）。帝即位，封张浚魏国公，复岳飞官并以礼改葬，志存恢复。张浚使李显忠伐金，复灵壁等地。魏杞使金，金人胁杞去大宋大字，杞拒之，卒正敌国之礼而还。高宗崩后二年，帝传位于其子惇，是为光宗。

（1189—1194）名惇，孝宗子，在位五年。帝欲诛宦者，宦者遂谋离间两宫，使帝父子不睦。上皇崩，帝疾不治丧，中外谤之。

（1194—1224）名扩，光宗子，在位三十年。光宗以疾禅位于帝，禅后又六年崩。帝即位，韩侂胄逐朱熹、赵汝愚，独揽大权，严禁伪学，排斥正人。后又以伐金邀功，金人南下，请诛首恶，史弥远乘此杀侂胄，金兵乃息。上崩无子，弥远与杨后矫诏立沂王子贵诚。

（1224—1264）名贵诚，改名昀，太祖十世孙，在位四十年。帝初与蒙古会师共灭金，因史弥远、贾似道等弄权，帝亦怠于政事，志遂不行，故国势仍不振。

（1264—1274）名禥，理宗同母弟福王与芮之子，在位十年。贾似道封魏国公，蒙古入寇，樊城围急，似道方与群姬斗蟋蟀。

恭、端、帝昺倾

（1274—1276）名㬎，度宗子，在位二年。帝即位年方四岁，谢太后临朝。元兵南下，贾似道师溃伏诛。伯颜入临安，虏恭帝北去，后为僧。文天祥起师勤王，至是亦被虏俱北。至镇江，乘间得脱。乃与陈宜中、张世杰等奉益王昰（恭帝宗兄）即皇帝位于福州，是为端宗。元兵逼温州，帝乃流离迁徙，自泉州而潮州，而秀山，而井澳。飓风作，帝有疾，元刘深来袭，又迁谢女峡。都统凌震复广州，帝迁碙州。夏四月，帝崩，在位二年，寿十一岁。帝弟昺即位于碙州，陆秀夫、张世杰同柄政。旋迁新会之崖山。元将张洪范破崖山，秀夫负帝入海死。在位二年，宋亡。元执文天祥北去，囚燕三年，不屈，亦斩于燕都之柴市。宋自太祖即帝位至元将伯颜掳恭帝北去（1276），历十三世，凡十八帝，共三百一十九年（北宋九帝，一百六十七年，南宋九帝，一百五十二年）。

（西夏）

西夏开国自唐僖

宋仁称帝灭宋理

宋时国名，亦称大夏。其先为项党羌，姓拓跋氏，唐赐姓李，世为夏州节度使，宋赐姓赵。传至元昊，举兵反，称帝，国号夏，史称西夏。据有十四州，今内蒙古自治区之西南部、甘肃省之西北部及宁夏回族自治区之北部，皆其地。都兴庆，即今甘肃省临夏县。屡寇宋边，又与金构兵十余年，精锐殆尽。传至德旺，蒙古伐之，德旺忧将死。国人立睍，蒙古尽克其地，睍出降，时宋理宗宝庆三年（公元1127）也。西夏亡。凡历十主，一百九十六年。

<table>
<tr><td rowspan="5">景宗、毅宗复、惠、崇</td><td>（1032—1048）名元昊，夏王赵德明子。即位后，于宋仁宗戊寅年（1038）称大夏帝，更名曩霄。数入寇宋，宋遣范仲淹、韩琦御之。在位十六年。</td></tr>
<tr><td>（1048—1067）名谅祚，景宗子，在位十九年。毅宗立，受册封为夏王。以年尚幼，国舅讹庞遂与三大将分治国事。宋仁宗己丑年（1049）契丹伐夏。</td></tr>
<tr><td>（1067—1086）名秉常，毅宗子，在位十九年。</td></tr>
<tr><td>（1086—1139）名乾顺，惠宗子，在位五十三年。宋哲宗戊寅年（1098），西夏寇宋，宋大败之。明年，辽为西夏乞和，许之。1124 年，西夏称藩于金。</td></tr>
</table>

<table>
<tr><td rowspan="6">仁、桓、襄、神、献、睍屺</td><td>（1139—1193）名仁孝，崇宗子，在位五十四年。始建学校于国中。</td></tr>
<tr><td>（1193—1206）名纯祐，仁宗子，在位十三年。崇宗孙安全废祐自立。祐顷卒。</td></tr>
<tr><td>（1206—1211）名安全，崇宗孙，在位五年。蒙古伐夏，夏求救金，金不能救，夏遂称臣于蒙古而与金构兵。</td></tr>
<tr><td>（1211—1223）名遵顼，襄宗子，在位十二年。夏、金构兵十年，两国皆敝。乃遣修好称弟，两国复和。蒙古伐夏，遵顼奔凉州，传位于其子德旺，又四年殂。</td></tr>
<tr><td>（1223—1226）名德旺，神宗子，在位三年。蒙古取甘州、肃州及西凉府，德旺忧悸卒。</td></tr>
<tr><td>（1226—1227）名睍，献宗弟子，在位一年。蒙古伐夏，睍力屈降，蒙古系以归。</td></tr>
</table>

（辽）

其先为契丹，唐时耶律阿保机称帝，始强大。五代晋时阿保机子德光立，始改国号曰辽。有今辽、吉、黑诸省，河北、山西二省之北部、内蒙古自治区及大漠以北之地。后灭于金。

太祖建极后梁末

（916—926）姓耶律氏，名阿保机，于后梁末帝贞明二年（916）称皇帝。国人号曰天皇，妻称地后。用韩延徽，教契丹建牙开府、筑城郭、立市里以处汉人，于是汉人逃亡者少。契丹更拓疆土，威服诸国。

太宗之下 世、 穆促

（927—947）名德光，太祖子，在位二十年。石敬瑭假兵灭唐，割幽、蓟十六州事契丹，契丹册敬瑭为晋帝。至晋出帝，不奉表称臣，帝亲将兵灭晋，执出帝而归。旋改国号曰大辽，遂崩。

（947—951）名兀欲，阿保机长子突欲之子，在位四年。为燕王述轧所弑。述轧自立，诸部不服，奉太宗子寿安王兀律攻杀之，遂立兀律为帝，是为穆宗。

（951—969）名兀律，后更名璟，太宗子，在位十八年。王好睡，称为睡王。饮酒畋猎，不恤国事。又嗜杀，酒后加人以炮烙、铁梳诸奇巧极刑。卒为近侍小哥、花哥、辛古等所弑。

景、

（969—982）名贤，世宗子，在位十三年。帝以萧守兴为尚书令，以其女燕燕为后。辽宋通好。宋太祖伐北汉，辽遣兵救北汉。宋灭北汉，遂伐辽，辽亦败宋师。

圣、	（982—1031）名隆绪，景宗子，在位四十九年。萧太后燕燕专国政。与宋战，互有胜负。宋杨业殉国。宋真宗时，帝与太后复大举寇宋，寇准乃劝真宗自将御之，战于澶州，辽将挞览为宋所杀，辽始惧请和，自是两国弭兵修好。
兴宗、	（1031—1055）名宗真，圣宗子，在位二十四年。帝在位时，户口蕃息，宋复增岁币银绢各十万，连前共各五十万。其地凡五京、六州、军城百五十六，县二百九，属国六十：盛极一时。
道宗继	（1055—1101）名洪基，兴宗子，在位四十六年。

天祚国除	（1101—1125）名延禧，道宗孙，在位二十四年。帝好畋猎，淫酗怠于政事，其属国生女真完颜阿骨打以兵叛辽，战于混同江，辽师大败。完颜阿骨打遂称皇帝，更名曰旻，建国号曰金，是为金太祖。天祚乃亲率师伐金，金复大败之，帝奔应州，为金将娄室等获以归，金废为海滨王，寻弑之。辽亡，凡八世九主，共二百一十年。
西辽续	辽亡，辽太祖八世孙耶律大石称帝于克呼木，奄有今葱岭东西之地，是为西辽，时当公元1125年，天祚被掳东去之年也。大石号德宗，金主遣兵攻之不克。立十二年而殂，子仁宗夷列幼，遗命其后萧氏权国政，号感天皇后。七年殂，夷列始亲政。又十三年殂。子幼，遗命其妹普速完权国事，号承天太后。称制十四年，与夫弟通而杀夫，夫父兴兵向罪，杀普速完及奸子，迎夷列次子直鲁古立之。立三十四年，因出猎，蒙古乃蛮王屈出律伏兵夺其位（1201），西辽亡。凡三主二后，共七十七年。

（金）

其先为生女真部，姓完颜，世居松花江之东。当宋徽宗政和五年（1115），阿骨打称帝，国号金，灭辽略宋，有今东三省及黄河流域与苏、皖二者之淮北等地。都会宁，在今吉林省阿城县南。后为蒙古所灭。

太祖灭辽

（1115—1123）姓完颜，名阿骨打，其族生女真部，本属辽国，后叛辽，大败辽兵。阿骨打遂称帝，建国号曰金。与宋定夹攻辽约，遂归宋燕及涿、易等地。帝生十五子，皆不立，而立其弟晟（即吴乞买），是为太宗。

太宗治

（1123—1135）名晟，太祖弟，在位十二年。帝继太祖业，卒灭辽，虏辽主天祚归而杀之。又遣斡离不粘没喝寇宋，破汴京，掳二帝，取宋天下之半。复遣太祖第四子兀求屡寇南宋。又立刘豫为帝以害宋。帝有子十二人皆不立，而立太祖嫡孙合刺，更名亶，是为熙宗。

北宋沦亡熙宗立

（1135—1148）名亶，太祖太子绳果之子，在位十三年。帝颇读书，厌用兵，与宋通好，兴礼乐，立孔庙于上京，宋亦称臣于金。帝晚年好饮酒，妄杀大臣，遂为平章事完颜亮所弑。亮自立为帝，是为废帝。

<table>
<tr><td rowspan="4">废帝、世、章、卫绍王</td><td>（1149 1161）名亮，太祖第三子辽王宗幹之子，在位十二年。金主亮荒淫无道，淫宗室大臣妻妾，其母谏，使人弑之。兴兵南下伐宋，虞允文大败金兵于采石，众心离散，为部将所弑。众乃立太祖孙曹国公雍即帝位，是为世宗。</td></tr>
<tr><td>（1161—1189）初名乌禄，更名雍，太祖孙，在位二十八年。帝仁孝节俭，崇儒尚文，与宋讲和，两得休息，断狱十七人，几至刑措。</td></tr>
<tr><td>（1189—1208）名璟，世宗孙，在位十九年。李宸妃专政，疏远宗亲，国势稍衰。帝崩，立世宗第七子卫绍王为帝。</td></tr>
<tr><td>（1208—1212）名永济，世宗第七子，在位四年。帝性柔懦，蒙古侵金，连年丧师失地，东京不守，西京覆没。金将胡沙虎出战屡败，帝不能诛，反被黜废。胡沙虎以兵入宫，迫帝出居卫邸，而迎世宗之孙允恭之庶长子升王珣于彰德，至燕即帝位，是为宣宗。</td></tr>
</table>

<table>
<tr><td rowspan="2">宣宗、哀宗及末帝</td><td>（1213—1224）名珣，世宗长孙，在位十一年，蒙古日强，金势日衰，蒙古连破金九十余城，金不能支，以废帝永济女许蒙古结和亲，乃迁都汴。蒙古怒金疑己，复大举南侵，金尽弃河北、山东、关陕等地。</td></tr>
<tr><td>（1224—1234）名守绪，宣宗子，在位十年。蒙古复入金陕西大昌原，金以完颜陈和尚为前锋，大败蒙古军。金人因胜而骄，蒙古主窝阔台与弟拖雷遂亲率师入陕西，破铙风关，由金州东趋汴，杀完颜陈和尚，遂围汴。帝走归德。蒙古破汴，虏二王及后妃等北去。蒙古复遣使约宋共伐金。帝奔蔡州。蒙古遣察搭儿围蔡州，宋亦遣孟拱率师二万运米三十万石赴蒙古约，蔡州遂下。帝自缢死，守将忽虎斜亦赴汝水死。帝死前传位于东面元帅承麟，是为末帝，即位仅一日，亦为乱兵所杀。金亡，历五世九主，共一百二十年。</td></tr>
</table>

（元）

| 太祖、太宗、定、宪继 | 元太祖姓奇渥温，名铁木真，有雄略，善用兵，袭其父职为蒙古部长，先后平定鞑靼、奈曼诸部，于宋宁宗开禧二年（公元1206）即皇帝位，号成吉思汗。于是平西凉，灭西夏，大破俄罗斯联军，威震域外。后约宋攻金，道崩（1227）。在位二十一年。 |

太祖子，名窝阔台，于太祖崩后二年即位（1229）。以耶律楚材为相，拔都为将，承父志约宋灭金，复征服高丽，又遣将西上伐俄，降其王及诸酋长，再进兵波兰、匈牙利而返。在位十二年崩（1241）。

太宗第四妃乃马真氏临朝称制四年，立其子贵由为帝，是为定宗，在位二年崩（1248）。时国内大旱，民不聊生。

皇后海迷失临朝，三年，众共推太祖少子拖雷（后谥睿宗）之长子蒙哥即帝位，是为宪宗（1251）。帝乃命忽必烈（世祖）与兀良忽台平大理国，下吐蕃，又名旭烈兀征服西域诸国，复自将精兵分三道侵宋，入蜀，殂于钓鱼山（1259）。在位八年。

| 世祖定鼎四海一 | （1260—1294）名忽必烈，太祖孙，宋理宗景定元年（1260）即位，都燕京，建国号曰元，统一中国。又征日本，服高丽，破交趾，降缅甸，克爪哇，臣占城，南洋诸国，咸来朝贡。领土兼有全亚及东欧，版图之广，声威之盛，为前古所未有。四方既平，乃事内政，一切规模，务谋宏远。唯以连年用兵，财用极绌，乃任用计臣阿合马、卢世荣、桑哥等，务为聚敛，民怨沸腾，为后来覆亡之阶。前后在位凡三十四年，灭宋乃至元十四年（1277）也。 |

成、武、仁、英、泰定、幼	（1295—1307）名铁穆耳，世祖孙，在位十二年。帝励精图治，讨平诸夷，罢土木之役，黜污吏万八千四百七十三人，审冤狱五千一百七十六事。
	（1307—1311）名海山，世祖曾孙，在位四年。帝封爵太甚，赐赏太隆，又纵西番僧行不法，故百姓艰食，盗贼充斥。
	（1311—1320）名爱育黎拔力八达，武宗弟，在位九年。帝慈孝恭俭，爱养民力，以脱虎脱等奸邪误国，择其尤者诛之，并罢黜其党羽，朝政乃清。
	（1320—1323）名硕德八剌，仁宗子，在位三年，帝与其相拜住励精图治，奸党铁失等畏诛，乃弑帝及拜住，而迎皇叔也孙铁木儿即帝位，是为泰定帝。
	（1323—1328）名也孙铁木儿，英宗叔，在位五年。帝即位，首诛铁失等正其罪，而海内翕然向服。乃帝崩，太子阿速吉八嗣位，是为幼帝。其叔图帖睦尔与之争位，帝被逐走，不知所终。

文宗、顺帝历九帝	（1328—1332）名图帖睦尔，武宗子，在位四年。天历元年（1328），是年，泰定帝改元致和。泰定帝崩，太子阿速吉八嗣位，改元天顺。帝即位于大都，改元。乃发兵攻陷上都，逐天顺帝。二年，兄和世㻋归自漠北，至和宁，以帝劝进，即位于和宁之北，是为明宗。旋暴崩，帝复位。后四年帝崩，明宗嫡子懿璘质班即帝位，时年方七岁，是为宁宗。文宗后卜答失里弘吉剌氏摄政。宁宗立二月而殂，乃迎明宗庶长子妥懽帖睦尔于广西静江，即皇帝位，是为顺帝，时年十三矣。
	（1333—1370）名妥懽帖睦尔，明宗子，在位三十七年。帝初即位，杀奸相伯颜，以脱脱为相，中外翕然。无奈帝性优柔寡断，纪纲废弛，政治日紊，民愁盗起，群雄并立。方国珍、刘

福通、李二先后起兵。寻张士诚亦据高邮称王，号大周。朱元璋起兵滁州。韩林儿称宋帝，都亳州。明玉珍、陈友谅等亦均起兵，天下大乱。时帝怠于政事，荒于游宴，召用西番僧习秘密法。杀脱脱，以佞人代之。朱元璋削平群雄，即帝位于金陵，建国号曰明。遣徐达等入元都，帝遁归沙漠，又二年殂于应昌。元亡。历五世九主，共九十三年。

（明）

太祖创业

（洪武帝）（1368—1398）姓朱，名元璋，初从郭子兴起兵，子兴死，诸将奉为吴国公，旋称吴王，削平群雄，遂于洪武元年逐元帝退回蒙古，即帝位，在位三十年。帝即位后，多行善政，颇得民心。又定大明律，创八股取士之制。惟鉴于元末纵弛，国祚遽斩，故疾恶甚严，用刑惟重，虽功臣犯法亦难免刑戮，后世讥其酷。崩年七十一。

惠帝延

（建文帝）（1398—1402）名允炆，太祖太子标之子，在位四年。帝纳黄子澄、齐泰谋裁抑宗藩，先废周王橚，湘、代、齐、岷诸王皆以罪废。燕王棣内不自安，始佯狂称疾，后遂举兵靖难，以诛齐、黄为名，直捣金陵。连战数年，乃陷仪真。燕王驻师江北，帝遣使与议和，不许。遂陷金陵，帝出走，不知所终。燕王遂即位于金陵，是为成祖永乐帝。诛齐泰、方孝孺等。

成祖靖难付

（永乐帝）（1402—1424）名棣，太祖子，篡位后，在位二十二年。永乐元年，改北平为北京。十九年（1421）迁都北京。帝即位后，内修内政，外征安南、鞑靼、瓦剌等，武功颇盛。又遣郑和使南洋，前后凡七次，历二十余国。帝北征还，崩于榆木川，寿六十六岁。

仁、宣

（洪熙帝）（1424—1425）名高炽，成祖子，在位一年。立弘文馆。用蹇义、杨士奇等，天下称治。洪熙元年五月崩，年四十八。

（宣德帝）（1425—1435）名瞻基，仁宗子，在位十年。汉王高煦反，帝亲征诛之。又抚安南，封黎利为安南国王，自后朝贡不绝。宣德十年正月崩，寿三十八岁。

英、景、英、宪、孝、武

（正统帝）（1435—1449）名祁镇，宣宗子，在位十四年。即位后，太监王振专权。正统十四年，瓦剌入寇，振挟帝亲征，失陷土木，被虏北去。

（景泰帝）（1449—1457）名祁钰，英宗弟，在位八年。王振伏诛。帝即位，瓦剌请和，英宗还。帝不豫，石亨拥英宗复辟，杀于谦。帝废为郕王，薨。

（天顺帝）（1457—1464）英宗复辟后，在位又七年，前后在位共二十一年。诛石亨。曹吉祥谋反，伏诛。帝崩，诏罢宫嫔殉葬。

（成化帝）（1464—1487）名见深，英宗子，在位二十三年。初用李贤、商辂，后宠万贵妃，以万安入阁办事。又置西厂，命太监汪直领之。僧继晓、江西人李孜省并以房中术获宠。崩年四十一。

（弘治帝）（1487—1505）名祐樘，宪宗子，在位十八年。诛李孜省、继晓，黜万安，任徐溥、刘健、李东阳等。《大明会典》成。崩年三十六。

（正德帝）（1505—1521）名厚照，孝宗子，在位十六年。帝好游乐，太监刘瑾专权，执朝官三百余人下狱。作豹房。立内厂。外夷入寇，流贼蜂起。宸濠反，王守仁平之。崩年三十一。

世 （嘉靖帝）（1521—1566）名厚熜，宪宗孙，兴献王祐杬子，在位四十五年。帝即位前，江彬伏诛。即位后，用严嵩，诛夏言，致使俺答数犯边，无能御之。倭复横行东南沿海，赖俞大猷、戚继光平之。帝卒诛严嵩父子。帝好道术，宠方士陶仲文等。服方士药崩，年六十。

穆、（隆庆帝）（1566—1572）名载垕，世宗子，在位六年。以张居正为大学士。释海瑞狱。俺答来降，通贡市。筑徐州至宿迁堤三百七十里。崩年三十六。

神、（万历帝）（1572—1619）名翊钧，穆宗子，在位四十七年。任张居正。起海瑞。东林党之争起。张差持梃入宫，伏诛。崩年五十八。

光、（泰昌帝）（1620）名常洛，神宗子，在位三十日。帝不豫，内医崔文升下通利药，帝痢甚。鸿胪寺李可灼进红丸，夜崩，年三十九。

熹、（天启帝）（1620—1627）名由校，光宗子，在位七年。杨涟、左光斗请李选侍移宫，帝始即位。即位后宠魏忠贤，使提督东厂，于是缇骑屡出，市朝频惊。忠贤横行不法，杨涟疏劾忠贤二十四大罪，与左光斗俱死之，天下为之侧目。阿忠贤者，至于为之建生祠。满洲乃崛起东北，建国号曰后金，后金兵取沈阳，定都辽阳。天启五年，努尔哈赤遂奠都沈阳。七年，努尔哈赤卒，子皇太极立。崇祯九年（1636），改国号曰清，是为清太宗。努尔哈赤为清世祖。帝崩，年二十三，无子。

思 （崇祯帝）（1627—1644）名由检，光宗子，在位十七年。诛魏
隆 忠贤，命袁崇焕为兵部尚书，督师蓟、辽。崇焕杀毛文龙，帝
游 复杀袁崇焕，清兵大举南侵。李自成、张献忠起义。帝以温体

仁文相，朝仪以为体仁庸奸误国。崇祯十年，乃罢其相。李自成至宣府，太监杜勋、总兵唐通俱降。自成遂入关，犯京师，太监曹化淳启彰义门迎降。帝崩万岁山。自后有明唐王即位福州，明桂王即位肇庆，续与清对抗。历十八年，直至康熙元年（1662），吴三桂杀明桂王，明鲁王薨于台湾，明乃亡。明自太祖开国至思宗殉难，历十二世，凡十六主，共二百七十六年。

（清）

太祖崛起

清太祖努尔哈赤，肇祖七世孙，以祖与父为尼堪外兰所陷，被杀于明，往诘明吏，封之龙虎将军，给都督敕书。时努尔哈赤势尚弱，暂寝其事。其后平定叶赫、乌拉诸部，兼并邻边，擒斩尼堪外兰，报父祖之仇，屡破明兵，声威大振。遂于明万历四十四年（1616）即皇帝位，建元天命。在位十一年崩（明天启六年，即 1626 年）。

太宗嗣

太祖子，名皇太极，嗣位为帝（1627），改元天聪。明崇祯九年（1636），建国号曰大清，改元崇德。取明关外地，破吴三桂，连拔锦州、松山、杏山等处，明廷大震。在位十七年崩（明崇祯十六年，即 1643 年）。

世祖定鼎

（顺治帝）（1643—1661）姓爱新觉罗氏，名福临，太宗子，在位十八年。即位时，方六岁，其叔多尔衮摄政。时当明崇祯之末，李自成陷北京，崇祯自缢。吴三桂来乞援，遂由多尔衮率师入关，破李自成，迎帝入主中夏。遂即位于北京，改元顺治。复以次平定明裔福、鲁、唐、桂诸王，统一中国，创有清一代之基。

<table>
<tr><td>圣祖继</td><td>（康熙帝）（1661—1722）名玄烨，世祖子，在位六十一年。帝天资英迈，有文武才。先后平定吴三桂、耿精忠、尚可喜之乱；复收台湾，降西藏，征服额鲁特。用兵之暇，更崇尚儒学，命儒臣为经筵讲官，并纂字典、会典诸书，创辑《古今图书集成》，又开博学宏词科：文治武功，均显著可观。</td></tr>
</table>

<table>
<tr><td rowspan="7">世、
高、
仁、
宣暨
文、
穆</td><td>（雍正帝）（1722—1735）名胤禛，圣祖子，在位十三年。帝讨平青海，征准噶尔，平贵州苗乱。性猜忌，屡兴文字狱，对骨肉亦寡恩，后世短之。</td></tr>
<tr><td>（乾隆帝）（1735—1795）名弘历，世宗子，在位六十年。时边患未清，帝乃两征准噶尔，定回部及大小金川，服缅甸、安南。武功既奏，复注意文教，《四库全书》及《一统志》等，以次敕撰。晚年宠任和珅，酿成川、楚教徒之变，后世惜之。六十年传位其子颙琰，又四年崩，寿九十。</td></tr>
<tr><td>（嘉庆帝）（1795—1820）名颙琰，高宗子，在位二十五年。帝恶和珅，乃与高宗崩年赐之自尽，籍其家。十八年秋，教徒林清邓攻京师东华、西华两门，皇子旻宁等平之。帝下诏罪己。</td></tr>
<tr><td>（道光帝）（1820—1850）名旻宁，仁宗子，在位三十年。十八年（1838）禁烟事起（史称鸦片战争），英人迭陷舟山、定海、乍浦等地，遂赔款议和，与订五口通商之约，中外形势为之一变。太平军亦起于帝之晚年。</td></tr>
<tr><td>（咸丰帝）（1850—1861）名奕詝，宣宗子，在位十一年。帝在位时，内有太平军之役，外受英、法联军之扰，天下骚动，殆无宁日。</td></tr>
<tr><td>（同治帝）（1861—1874）名载淳，文宗子，在位十三年。帝八岁践祚，文宗后慈安与妃那拉氏慈禧同秉国政，太平军及东西稔相继平定，国内粗安。</td></tr>
</table>

（光绪帝）（1874—1908）名载湉，文宗弟醇亲王奕譞之子，在位三十四年。穆宗崩，无子，帝入嗣帝位，时年方四岁。慈安、慈禧两太后垂帘，帝婚后始亲政。时败于中日之战，乃锐意图治，引用康有为等。崇尚新政。时慈安已崩，慈禧及诸守旧大臣不悦，或蛊于后，后复临朝，幽帝于瀛台。义和团事起，联军入京，帝待后出幸西安。和议成，还京，预备立宪。寻崩，年三十八。

（宣统帝）（1908—1911）名溥仪，醇亲王奕譞子载沣之子，在位三年。溥仪嗣位年方四龄，由醇亲王为摄政王摄政监国，一面仍预备立宪，敷衍人心。唯时孙中山先生所领导的资产阶级民主革命已起，人心所向，不可遏制。于是先有广州新军起义未成，继有黄花岗之役，而辛亥年（宣统三年，1911）武昌城内一声枪响，不四十日，江西、陕西、山西、安徽、云南、浙江、广东、广西、福建、山东、四川等十余省相继反正，中山先生至南京，创建中华民国，组织临时政府。清廷知大势已去，亦遂宣告逊位。有清一代于焉结束，凡历十主，共二百六十八年。

后 记

  是二十多年前的事了，那时年近花甲的我，正在四川省米易县安宁河畔作"五七战士"。起初是抬石头修河沟，后来是牧鸭。在抬石头修河沟的时候，石头过重，和我同抬的一位瘦高老先生则精神甚旺，中途还坚持要在箩筐里加些石头。我和他赌抬不胜，得了小肠疝气病，无药可医，只好回到成都来开刀做手术。手术完毕，医生给了一个月假，叫躺在家里休息，让创口愈合，使身体机能慢慢恢复正常。

  对啃桌子已成习惯、不大闲得住的我来说，在这养病的短时间，总想找点什么工作来做，非仅消遣，也有爱惜光阴之意。偶然翻检旧籍，无意间在商务印书馆发行的《丛书集成初编》中，发现两本不著撰人题作《古史辑要》的小册子，卷首有一篇篇幅不长的《帝统歌》，引起我很大的兴趣。歌词从三皇、五帝、夏、商、周直到辽、金、元、明，把十几个朝代的"帝统"，都包括了进去，明以后却付阙如。推想撰人当是清人。歌词虽然简略未周，看起来倒是眉目灿然，它的"帝"为"统"，将我国数千年漫长的历史，脉络分明地勾画了出来。我就想以此歌词作骨干，来做点补充、修订和注释的工作，或于初学者了解中国历史，不无小益。

  歌词本身是有缺陷的，需要给予补充和修订。先说补充。"帝统"

仅讫于明，没有有清一代，这就首先需要补充。再有几个民族斗争激烈、战乱频繁的时代，如春秋、三国、魏、五胡十六国、五代十国的十国、西夏，等等，歌词概付阙如，均应予以补充。再说修订。需要修订的地方也是相当多的：如汉、晋两代，没有分出西汉东汉、西晋东晋，南北朝一段，也写得词意模糊，分划未清，这些都需调整修订，改写歌词。其他词意需修订的地方尚多，未遑缕述。以唐代一段为例，原歌词仅四句，云……

高祖、太宗、高、中、睿

明皇、肃、代、德、顺继

宪、穆、敬、文、武、宣、懿

僖、昭、昭宣二十帝

我增加了两句，修订为——

唐帝创业太宗莅

高宗易位则天帝

中宗、睿宗复玄宗

乱后肃、代、德、顺继

宪、穆、敬、文、武、宣、懿

僖、昭、昭宣廿一帝

旧歌词把著名的女皇帝武则天无端减去了，这就使得唐代的"帝统"残缺不完，无疑是非常错误的。这是敌视和蔑视妇女的儒学正统观念在作者头脑里作怪的结果（王莽篡汉，但作者却并没有将篡汉的王莽从汉代的"帝统"里删除），自然应予修订。诸如此类，无烦遍举。补充修订的结果，使新编的《帝统歌》，似觉稍胜于前。于是去查历史年表，去翻检除《辑要》以外其他书籍所载的历史材料，对歌词揭示的各代帝王，略加注释，使五千多年的中国历史，在一本四五万字的薄薄小册子内，呈现出比较清晰的轮廓。昔人有言："一部二十四史，从何说起。"喻史事繁芜，梦如乱丝，董理为难也。如今有了《帝统歌》，以此为基干，又加简单注释，看来凝缩的历史就条理井然，比较好"说"了。养病期间，我半躺在马架子上，捧了个小笔记本，检书作记，目察手写，不到一月工夫，就把补充、修订并注释《帝统歌》的工作大体完成了。这，不能不说是"塞翁失马"的一个小小收获。

以后又在闲暇时间，断断续续做了一些小的补充修订，似乎便"大功告成"了，然后就搁置起来，并诸箱箧，并未想到要出版。直到去前年身体受了点损伤：一遇于骑车不慎，跌伤了腰部；再遇于胆囊炎发作，整个胆囊被切除，经过一两年的疗养，虽然逐渐得到些恢复，但还未痊愈，仍然算是在养病期间。长夏无聊，家事多扰，这才想起二十多年前作为养病消遣编写成的这本小册子，觉得它或许还有点用处。于是将它寻检出来，大致翻看一下，果然感到其格局体制，似乎还有点新鲜意思。这就是我重新整理抄校此书的缘由。它也许可以做青年学人研究中国历史的初阶，也许可做欲识中国历史大貌的普通中国人的参考手册，即使对真正的文史工作者，偶然翻检寻索，也当不无小补。中国历史，如长江大河，波澜滚滚，极为壮观，手此一编，可见大凡。现在要想搞点科研工作，真是谈何容易。且不说内在、外在的条件如今于我都不具备，如何让学术走向市场，就是一最大难题。这本路子较宽、通俗而不失纯正的小册子，想来不至于被出版社拒之于门外吧？因而将它重新整理出来，作为我对广大读者的奉献。抄校既毕，书此为序。

袁　珂

一九九三年六月二十七日于成都

图书在版编目（CIP）数据

袁珂讲中国文学常识/袁珂著.—厦门：鹭江出版社，2019.9
ISBN 978-7-5459-1582-2

Ⅰ．①袁⋯ Ⅱ．①袁⋯ Ⅲ．①中国文学—古代文学史—通俗读物 Ⅳ．① I209.2-49

中国版本图书馆 CIP 数据核字（2019）第 147517 号

YUAN KE JIANG ZHONGGUO WENXUE CHANGSHI
袁珂讲中国文学常识

袁珂　著

出版发行：鹭江出版社
地　　址：厦门市湖明路 22 号　　　　　　　　　邮政编码：361004
印　　刷：三河市兴博印务有限公司
地　　址：河北省廊坊市三河市杨庄镇
　　　　　大窝头村西　　　　　　　　　　　　　邮政编码：065200
开　　本：880mm×1230mm　　1/32
印　　张：7
字　　数：212 千字
版　　次：2019 年 9 月第 1 版　　　2019 年 9 月第 1 次印刷
书　　号：ISBN 978-7-5459-1582-2
定　　价：42.00 元

如发现印装质量问题，请寄承印厂调换。